Contraste insuffisant
NF Z 43-120-14

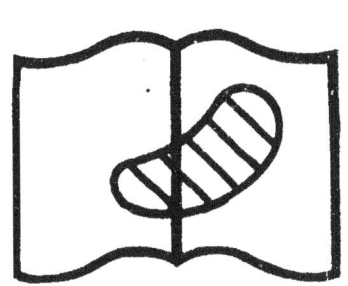

Illisibilité partielle

Valable pour tout ou partie
du document reproduit

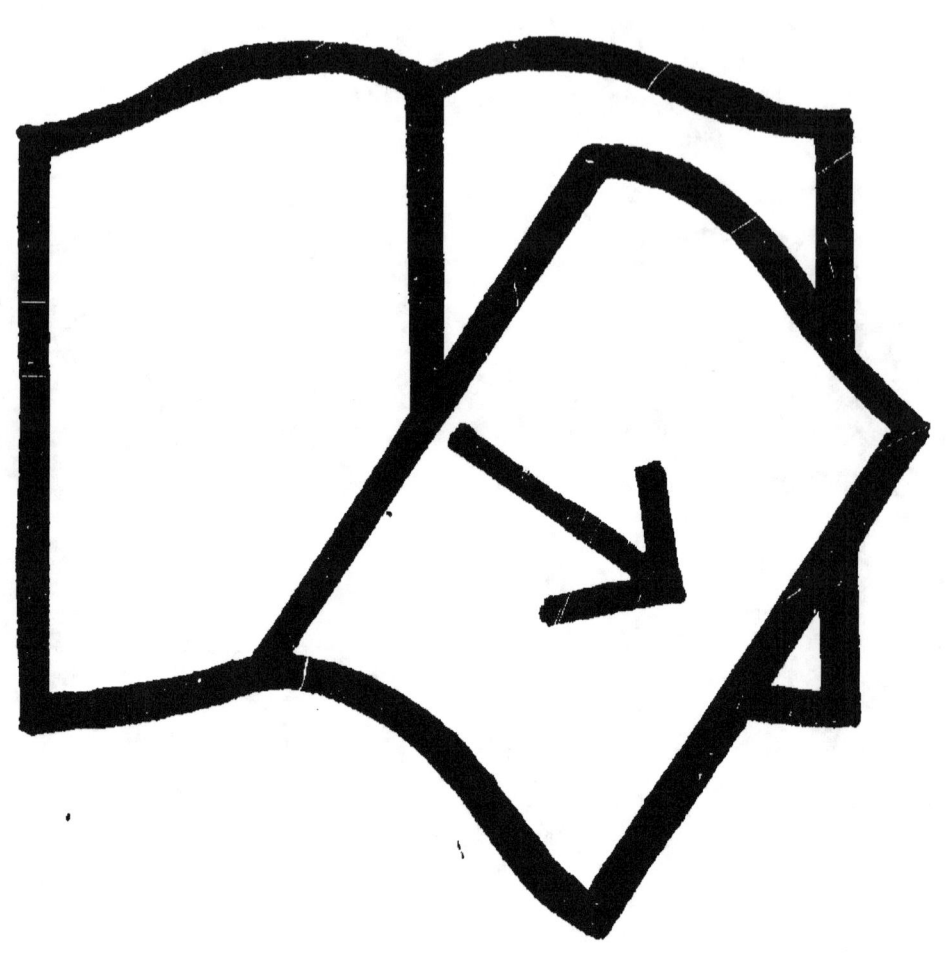

Couverture inférieure manquante

MYSTÈRE
DES TROIS DOMS

JOUÉ A ROMANS EN 1509

DOCUMENTS

RELATIFS

AUX REPRÉSENTATIONS THÉATRALES

EN DAUPHINÉ

de 1400 à 1535

ROMANS

MYSTÈRE

DES TROIS DOMS

JOUÉ A ROMANS EN 1509

Cette composition dramatique n'est point assurément un chef-d'œuvre. Les lecteurs exclusivement soucieux des beautés littéraires, pourront se dispenser de l'ouvrir : leur curiosité ne serait pas satisfaite. Toutefois, s'il est vrai que l'histoire des littératures « n'est pas faite seulement pour fournir à l'admiration des hommes un choix de modèles, mais que ses monuments divers doivent former avant tout un musée scientifique (1) » ; s'il est incontestable qu'ignorer le théâtre du moyen âge, c'est ignorer en même temps une partie considérable de cette époque (2), on conviendra que cette publication peut avoir son intérêt et son utilité. Ce qui ajoute à son prix, ce sont des documents « fort curieux », au dire de M. Petit de Julleville, qui retracent l'histoire de notre mystère « avec des détails que nous ne possédons sur aucun autre (3) » ; c'est encore l'ensemble des textes relatifs aux représentations théâtrales en Dauphiné que nous éditons à la suite et qui apportent un contingent considérable à l'étude générale de la littérature dramatique.

I

Le mystère des Trois Doms (4), c'est-à-dire des trois saints martyrs Séverin, Exupère et Félicien, fut représenté à Romans aux fêtes

(1) F. Guessard et E. de Certain, *Mystère du siège d'Orléans*, 1862, p. iij.

(2) L. Petit de Julleville, *Histoire du théâtre en France : les Mystères*, 1880, t. I, p. 16.

(3) Ibid., t. II, pp. 95 et 96.

(4) Voir sur cette appellation le *Diction.* de Littré, v° Dom. On trouve les formes : *dompni*, p. 637 ; *domps*, pp. 591, 598, 631, 642 ; *dums*, p. 632 ; *dons*, p. 641-2 ; *donx*, p. 637 ; *damps*, p. 3 ; *dans*, pp. 213, 638, 793 et 816.

de Pentecôte, les 27, 28 et 29 mai 1509. Il en est fait mention dans les temps postérieurs, à des intervalles plus ou moins éloignés.

Le 31 mai 1521, le manuscrit fut prêté à Ponson Baudin fils, de Romans, pour l' « aider à composer l'histoire de la vie de saint Ignace (1) ».

Aymar du Rivail, qui écrivit dans le premier tiers du XVIe siècle ses neuf livres sur les Allobroges, affirme que les Romanais représentèrent plusieurs fois la vie et la mort sanglante des trois saints : « Per aliquod annorum curriculum, eorum vitam et mortem ac plicium Romanenses magno sumptu commemorant et ludo suprepræsentant (2). »

L'annaliste fait évidemment allusion ici au Mystère des Trois Doms. Né vers 1490, à Saint-Marcellin, dans le voisinage de Romans, élevé dès sa plus tendre enfance à l' « académie » de cette dernière ville (3), où il a dû sans doute conserver des relations, du Rivail ne pouvait ignorer, ni l'œuvre du chanoine Pra, ni l'année où elle fut jouée pour la première fois. Aussi, lorsque dans son histoire continuée jusqu'en 1535, et même remaniée depuis, il avance que les Romanais sont en usage de célébrer de temps en temps, à époques en quelque sorte périodiques, et par des jeux figurés à grands frais sur un théâtre, la mémoire des saints patrons de la cité, il faut bien en conclure que notre Mystère ne lui est pas demeuré inconnu et qu'il l'a en vue dans le passage précité.

Il faut arriver à la fin du XVIIIe siècle pour rencontrer quelques pages, — peu flatteuses, il est vrai, — relatives à cette composition dramatique. En 1787, les *Affiches du Dauphiné* en donnèrent une courte analyse (4), reproduite la même année dans le *Journal de Paris* (5) et empruntée à ce dernier par l'*Esprit des Journaux* (6). L'auteur de cet article est un romanais, qui s'est caché sous le voile de l'anonyme :

« Le 27 mai 1509, fut représenté à Romans, devant l'église des Cor-

(1) Voir le document *Romans E*, p. 27*.

(2) Aymari RIVALLII *de Allobrogibvs libri IX*, cura Aelfr. de TERREBASSE ; Viennae Allobrogvm, 1844, in-8°, p. 363.

(3) Op. cit., p. ij-iv ; — GIRAUD, *Aymar du Rivail et sa famille* ; Lyon, 1849, in-8°, p. 15-7.

(4) N° 12, du 20 juillet, XIVe année, p. 5..

(5) Année 1787, n° 264, p. 1143.

(6) Décembre 1787, t. XII, p. 231-3.

deliers, le *Jeu* ou *Mystère des trois Damps* ou *Doms*. On voit, par le
manuscrit qui subsiste de cette pièce renommée, qu'il fallut trois
jours pour donner la représentation de la pièce en entier.

» Il n'est pas possible, dans cette pièce, d'assigner le lieu principal
de la scène, car il varie sans cesse ; et la durée de l'action n'est pas
renfermée entre deux soleils, car des émissaires entreprennent et
terminent de longs voyages pendant le cours de la pièce. La scène,
ensanglantée par le martyr des trois Doms, tantôt est à Rome, tantôt à Vienne, tantôt à Lyon, d'autrefois dans les Alpes ; et cependant le théâtre représente sans cesse l'enfer et le paradis, l'Europe,
l'Asie et l'Afrique, qui sont cantonnées dans trois tours. On y per-
sonnifie des êtres métaphysiques, par exemple : la *dame Silence* fait
presque tous les frais du prologue ; *Soulas humain*, *Grâce divine* et
Confort divin donnent du secours aux héros de la pièce et de l'ennui
à ceux qui la lisent. L'enfer vomit des diables, impatientants par leurs
propos orduriers. Ces diables n'ont que des sottises à dire à la
déesse Proserpine, qui, par un mélange singulier de la fable et de la
religion révélée, vient aussi figurer sur le théâtre. . . . .

» Parmi les quatre-vingt-douze personnages (1) qui paraissent dans
le *Mystère des trois Doms*, on voit la sainte Vierge et Dieu le Père.
Les noms de plusieurs de ces personnages sont d'une singularité
remarquable : il y a un *Brisebarre*, un *Ferragus* et un *Machebourre*,
acteurs épouvantables, qui font parade de bravoure, mais qui prouvent qu'ils ne sont que cruels. Il y a aussi un *Torchemuseau*, une
Poudrefine. Torchemuseau aide le bourreau en qualité de valet dans
ses exécutions sanguinaires ; et Poudrefine, ... ;

» Les reliques des saints martyrs étoient aussi portées sur les théâtres de ces représentations. Il y a même sur leur translation une
pièce, en un acte, qui n'a pas été jouée.

» On sait par qui les rôles du Mystère des Trois Doms étaient rem-
plis, et l'on connaît le nom de l'auteur. L'official de la ville, un ou
deux chanoines, un cordelier parurent comme acteurs. Cette pièce
fut suivie d'une procession générale et terminée par un *Te Deum*. »

Pauvre chanoine Pra ! Après avoir eu son heure de gloire relative,
son œuvre était tombée dans un oubli deux fois séculaire : et voilà
que le jour où l'on secoue la poussière qui la recouvrait, la voix qui
la fait connaître ne trouve pour en parler que ces mots dédaigneux et

(1) En réalité il y a quatre-vingt-dix-huit, non 92 personnages.

à peine exacts, empreints d' « une intention très marquée de ridiculiser le drame du moyen-âge » (1).

Le XIXᵉ siècle devait faire davantage pour sa mémoire.

M. Dochier paraît avoir connu le texte du drame : « Cette pièce, dit-il, ne contient rien de remarquable sous les rapports de l'art ; la conduite et le style sont aussi bizarres que dans celles que l'on jouait alors ; une analyse plus détaillée ne présenterait rien d'intéressant » (2).

On se prend néanmoins à douter qu'il ait eu le texte original entre les mains, quand on le voit, dans la même page, évaluer à « trois mille » seulement le nombre des vers du poème.

En tout cas, on ne tarda guère de perdre la trace du manuscrit. M. Pilot ignore complètement son existence et, voulant parler de l'œuvre du chanoine Pra, il se contente de copier presque littéralement les expressions de Dochier (3).

M. de Soleinne, qui avait formé une « bibliothèque dramatique » presque complète et si précieuse, ne l'a inscrit dans son *Catalogue* (4), sur la foi de l'article cité du *Journal de Paris*, qu'au nombre de ceux qu'il n'a pu se procurer, *desiderata*.

Mais en 1848 parut un ouvrage qui, en l'absence de l'original du drame, renseigna sur bon nombre de questions intéressantes auxquelles il donnait lieu. C'était la *Composition, mise en scène et représentation du Mystère des Trois Doms, joué à Romans, les 27, 28 et 29 mai, aux fêtes de Pentecôte de l'an 1509, d'après un manuscrit du temps*, publié et annoté par M. GIRAUD, ancien député. L'auteur donnait au public le texte d'un mémoire ou compte écrit dans le temps même, et où sont rapportés jour par jour les arrangements pris, les marchés passés, les sommes payées ou reçues pour la composition, la mise en scène et la représentation de ce drame. On y trouve son auteur (ou plutôt ses auteurs), le peintre décorateur, le machiniste, les salaires qui leur sont alloués, le prix et le produit des places pendant les trois journées, ce qui permet d'en déduire exactement le nombre des spectateurs ; en un mot, la dépense et la recette y sont si minutieusement rappelées, qu'on peut calculer, on aurait dit alors à une maille et aujourd'hui à un centime près, tous

(1) PETIT DE JULLEVILLE, vol. cité, p. 95.

(2) *Mémoires sur la ville de Romans*, Valence, 1812, p. 134.

(3) *Annuaire de la cour royale de Grenoble* pour 1841, p. 76-7.

(4) Rédigé par le bibliophile JACOB ; Paris, 1843, t. I, p. 148.

les frais d'une semblable entreprise. Le mémoire prend l'œuvre, sous le rapport pécuniaire et matériel, à sa naissance, la suit dans tous ses détails et la conduit à son dénouement. C'est à la fois le budget et le compte de la pièce des Trois Doms. A ce titre, il offre plus qu'un simple intérêt de localité ; il peut être considéré comme un document précieux pour l'histoire de l'art. Cette publication était précédée d'une introduction qui mettait en lumière les données du mémoire et suivie de notes qui servaient d'éclaircissements (1).

En 1854, M. le comte de Douhet consacra quelques lignes aux Trois Doms, dans son *Dictionnaire des Mystères* (2).

On lit encore dans le *Bulletin de la Société d'Archéologie de la Drôme*, sous la signature de M. A. Lacroix, une page relative à la représentation de notre pièce (3).

A son tour, M. Petit de Julleville en parle à plusieurs reprises dans la 1re partie de son excellente *Histoire du théâtre en France : les Mystères* (4) ; il y fait surtout ressortir ce qu'il y a de neuf et de précieux dans le mémoire publié en 1848.

Enfin, après avoir été l'objet de nombreuses recherches, après avoir donné lieu aux publications, aux analyses et aux jugements que nous venons de rappeler, le manuscrit du Mystère des Trois Doms a été découvert à Romans, dans le grenier de Mme Sablières des Hayes, au milieu d'autres registres poudreux, en décembre 1881. Acquis par M. Giraud, il fait actuellement partie de la belle bibliothèque qu'a héritée de son oncle M. Paul Giraud, conseiller à la cour d'appel de Lyon.

Le volume, de format in-folio, mesure 355 millim. sur 260 ; il se compose de onze cahiers de papier (sans filigrane), de force inégale ; d'après un numérotage récent, qui embrasse quelques pages additionnelles de moindre format, les feuillets sont au nombre de 241. En dépit de la suppression de plusieurs pages, dont il ne reste que le talon, le volume est absolument complet : il s'ouvre par une préface en latin et se termine par un épilogue en français et la liste des personnages qui ont rempli les rôles, le tout de la plume du juge royal,

---

(1) On trouvera dans un volume qui a vu le jour en 1872 (*La Correspondance de M. P.-E. GIRAUD*, Lyon, in-8º, p. 1-2) l'appréciation du docte LE PRÉVOST, l'éditeur d'Ordéric Vital, sur ce mémoire (cf. p. 26).

(2) 3e *Encyclopédie théologique* de Migne, Paris, in-4º, col. 972.

(3) Valence, 1877, t. XI, p. 350-1.

(4) Paris, 1880, 2 vol. in-8º, t. I, pp. 329-31, 353, 363-4, 399 et 403-4 ; t. II, p. 95-8.

Louis Perrier (1). Le dernier feuillet seul a souffert notablement de l'humidité, par suite de l'arrachement — déjà ancien — des ais qui constituaient une solide reliure à nerfs saillants.

L'original du compte de la représentation faisait partie des papiers de M. Louis Saint-Prix Enfantin, chanoine de St-Barnard ; son héritière, Mlle Eugénie Nugues, le donna à M. Giraud le 3 nov. 1841 et celui-ci en a fait don le 14 sept. 1881 à la bibliothèque nationale de Paris, où il est inscrit sous n° 1261 des nouv. acquis. du fonds français (2). Il forme un cahier de papier (marqué d'un B comme filigrane) in-4°, dans une couverture en parchemin, et mesure 290 millim. sur 205. Des 59 feuillets qui le composent d'après le numérotage actuel, 40 seulement sont écrits. Le compte est tout entier de la main du consul Jean Chonet (3), sauf les feuillets intercalaires 14, 21, 24-5 et 28, qui en sont les pièces justificatives et que nous avons reproduits à part en appendice, et les ff. 33 à 40.

II

Dans quelles circonstances fut décidée et menée à bonne fin la représentation d'un mystère à Romans ? Quelles furent les causes déterminantes de la résolution prise à cet égard par le clergé et le peuple (4) de la ville ? La raison en est sans contredit dans l'entraînement passionné avec lequel on suivait les péripéties de ces drames, où la vie d'un saint, un miracle de Notre-Dame, la passion du

---

(1) L'écriture en est identique à celle d'une « Parcelle des vaccations et dictes faictz de par mess^{re} Loys Perier », jointe au f° 17 des *Precepta* de 1506 (aux archives commun. de Romans, ainsi que tous les documents dont la provenance ne sera pas spécifiée), et à une quittance signée, du 17 juin 1510 *(Prec. de cette année, f° 20)*. — Son père, Pierre Perrier *(Pererii)*, avait été juge de Romans en 1492 *(Precepta de cet. an., f° 30, avec quittance et signature autographes)*. Lui-même fut chargé de l'office de « judex ordinarius curie communis secularis de Romanis », de 1499 à 1512 : il remplit dans le Mystère le rôle du gouverneur de Vienne (p. 595).

(2) Voir le rapport de M. Léop. Delisle, *Donation faite à la Bibliothèque nationale par M. Paul-Emile Giraud*, dans le *Journal officiel* du 13 sept. 1881 ; et son développement dans la *Bibliothèque de l'école des Chartes*, 1881, t. XLII, p. 500 (tiré à part, Paris, nov. 1881, in-8°, p. 18). Le *Journ. off.* ne mentionne que le don de 39 imprimés, en date du 9 août.

(3) Voir son écriture autographe, fort reconnaissable, dans le *Liber preceptorum* de 1508, f°s 19 et 20; dans celui de 1509, f°s 1, 16, 18 v°; etc,

(4) « Prehabita matura deliberacione inter clerum et populum » (p. 1).

Christ étaient retracés et dont l'audition constituait un des bonheurs le plus généralemeut goûtés et le plus profondément sentis. Ceci semble plus spécialement vrai de notre région méridionale que des autres portions de la France, comme il résulte du beau travail de M. Petit de Julleville, ainsi résumé à ce point de vue par M. Antoine Thomas (1) :

« Les mentions de représentations de mystères réunies par M.P.de J. se rapportent en majorité aux pays de langue d'oïl. Dans les pays de langue d'oc, les mentions les plus fréquentes concernent la région située sur la rive gauche du Rhône : la Provence, le Dauphiné et la Savoie ne nous offrent pas moins de *trente-deux* représentations assurées à Aix, Auriol (Bouches-du-Rhône), Chambéry, Die, Draguignan, Forcalquier, Grasse, Grenoble, Marseille, Modane, Montélimar, Romans, Saint-Jean-de-Maurienne, Salterbrand (vallée d'Oulx), Seyssel, Toulon, Valence et Vienne. Au contraire, la région bien plus vaste qui s'étend du Rhône à l'Océan, et du plateau central aux Pyrénées, ne nous en donne que *seize*. Ces seize mentions se rapportent à un très petit nombre de localités : Caylux (Tarn-et-Garonne), Clermont-Ferrand, Limoges, Mende, Montauban et Rodez ; en outre, elles sont loin de présenter toutes le même degré de certitude et de précision. »

Mais à cette cause générale, — dont la justesse ressort mieux encore des textes que nous avons exhumés des archives du Dauphiné, — se joignirent au commencement du XVIe siècle des motifs particuliers que nous font connaître les documents du temps.

En l'an 1504, le printemps fut d'une sécheresse désolante (2). Pour apaiser le Ciel, les Romanais firent une procession générale, immédiatement suivie, le 15 juin, d'une pluie bienfaisante : incontinent on proclama « le beau miracle », et il fut décidé de représenter dans cinq ans la vie des martyrs auxquels on en était redevable.

L'année suivante, la ville de Romans fut envahie par une peste, qui s'annonçait avec les signes les plus alarmants. Déjà, pendant le cours du siècle précédent, elle s'était vue exposée à plusieurs reprises (3),

(1) *Romania*, 1884, t. XIII, p. 411.
(2) « L'année de la grant secheresse » (p. 591).
(3) Malgré les pertes qu'elles ont subies, nos archives capitulaires et communales ne renferment que trop de preuves de la fréquence et de l'intensité de la peste à Romans (*Computum* de 1441, fo 40 vo ; *Livre capit. de me Fateti*, fos 38 vo et 39 ; *Precepta* de 1474, fos 8 vo, 25 vo et 28 vo ; *Prec.* de 1479, fo 9 vo ; *Prec.* de 1482, fos 7 vo, 8 et 9 vo ; *Prec.* de 1485, fo 7 vo ; *Prec.* de 1489, fos 9, 11 vo, 14 vo et 22 vo).

et surtout en 1494 (1), aux ravages de ce redoutable fléau. Quoiqu'on ne doive pas prendre à la lettre cette assertion de Chorier, dont il n'apporte aucune preuve, que les draps de Romans
tenaient « lieu de monnoye » par voie d'échange « dans les estats du
Sophi et du Grand Seigneur » (2), les relations commerciales de
cette ville avec Marseille et le Levant (3), où s'écoulaient en partie
les produits de sa fabrication, n'en sont pas moins certaines, et on
peut y trouver une explication plausible du retour fréquent de la
peste. Une fois introduite dans la cité, la circulation de l'air gênée
par des rues étroites et tortueuses et par des remparts élevés, l'igno-
rance des moyens d'hygiène et l'absence de médecins résidants, qui
auraient pu du moins diminuer l'intensité du mal, toutes ces causes
réunies l'y maintenaient longtemps et rendaient son action plus
meurtrière.

Dès la fin de 1504, les alentours de Romans étaient atteints (4).
Le 15 juin 1505, le bourg d'Alixan passait pour infecté et on dut
s'opposer à l'entrée des pauvres, qui se présentaient en grand nombre aux portes de la ville (5). En octobre on engagea, à trois florins
par mois, Claude Martin pour enterrer les pestiférés et servir les
malades (6). Les consuls prirent, dans le même mois, diverses mesures de police sanitaire (7), qui semblent avec la saison des frimas
avoir arrêté l'épidémie.

Elle reparut l'année suivante et, dès le 1er mai, le Chapitre crut
devoir permettre aux gens d'Eglise de fuir pour un temps le foyer
de la contagion (8). Le même jour, la ville prit, aux gages de six

---

(1) Nous n'aurions malheureusement que l'embarras du choix des textes sur cette
épidémie, qui avait sévi dès l'année précédente (*Precepta* de 1493, f°s 7 r° et v°,9 v°,
10, 11, 19, 21, 22 v° et 48 v° ; Delibér. capitul. de 1483-1501, f°s 223 v°-225,
225 v°, 226 r° et v°, 228, 230 et 231 ; *Precepta* de 1494, f°s 1 v° et 7).

(2) CHORIER, *Histoire de Dauphiné*, t. I, p. 66 (nouv. édit., p. 53).

(3) Au milieu du XIIIe siècle les Sarrasins fréquentaient les foires de Romans :
voir le « tarif du droit de leyde » publié par nous dans la *Revue des Sociétés savan-
tes*, 1872, 5e sér., t. III, p. 69. La réputation des draps de Romans est encore
attestée, — qui aurait pu s'y attendre ? — par les Noëls Bressans du XVIIe siècle,
réédités dans le nôtre à Bourg par Philibert Le Duc : Noël s'en alla chez la Taille
pour se faire un balandran de joli drap de Romans (*Nouvelliste de Lyon*, du 26
déc. 1886, c. 8).

(4) *Liber actorum capitularium Scoffier*, f° ix.

(5) *Papier de raison de Romans*, f° 3.

(6) *Papier de raison de R.*, f° 5 ; *Lib. actorum* cité, f° xliiij.

(7) *Liber actorum* cité, f° xlvj v°.

(8) *Liber actorum* cité, f^os lxxxij et lxxxiij v°.

florins par mois, un chirurgien-barbier, Jean Meyssonnier, pour soigner les pestiférés : il tomba lui-même malade au bout de quatre mois (1).

Cette fois la peste continua sans interruption ses ravages (2). En janvier 1507, on songea à isoler des gens sains les malades, en réunissant ceux-ci dans l'hôpital du Colombier : les consuls venaient de l'agrandir d'un verger acquis de Gaspard Milliard et se proposaient d'y faire toutes les réparations nécessaires (3). Sur l'opposition du maître d'école, Pierre de Peyrusse (4), et des paroissiens de St-Nicolas, qui faisaient valoir des raisons d'hygiène, on accepta une transaction réglée par deux membres du Parlement (5). Vers la fin de mars passa un médecin Polonais, qui se disait inventeur d'une poudre infaillible contre la peste : on acheta neuf florins son secret, qui fut couché sur les Mémoriaux de la cité (6). Il n'eut pas l'efficacité qu'on s'en promettait, car on dut recourir à d'autres moyens. Le Chapitre résidait toujours hors de la ville (7). Le 3 juillet, on le décida de contribuer à la construction d'un hôpital provisoire au Sablon, près du vivier entre les tours de St-Nicolas et de la Bistour, et d'implorer la miséricorde divine par une série d'exercices de piété,

(1) *Precepta* de 1506, f°s 4 et 7 v° ; *Lib act.*, f° lxxxviij ; *Prec.* cit., f° 10. — « Je, mestre Jehan Meyssonier, silleurgent et habitant de la ville de Romans, confesse avoier receu de messeigneurs les conssez de la ville de R., par les mayns de s^r Jehan Milliart, resseveur...,trente florins petite monnoye, compté douze s. tourn. pour florin, et ce tant pour quatre moez que j'ay servy ladicte ville du tamps de la peste que je servés lesdis inffés, commansans... le premier jourt de may et fyni le derrier jourt d'oust mil V° et six, a reyson de six flor. pour ung chescun moes pet. mon., houltra la despence que la dicte ville a poyé pour moy, et pour deulx moez en suyvant, commanssans le premier jourt de septembre et revollu... le derrier jour d'octobre dudit an, a reyson de trois flor. pour ung chescun moes, sans aulcungs despens, pour ce que j'estoje rellaxé et n'estoye en point de besoingnyé de ladicte peste. De laquielle somme... je quicte..., et pour plus de surté j'ey fayctz escripre la present d'autruy mayn et signé de mon seygn manuel yssy mys, ce xij° d'octobre mil sinq cens et six. H ? R ? » (Ib.). — Ib., f°s 15 v° et 16 v°.

(2) *Precepta* de 1506, f°s 18 v°, 35 v° et 21.

(3) *Precepta* cités, f° 23.

(4) « Magister Petrus de Petrussia, rector scolarum gramaticalium opidi de Romanis, in Viennensi diocesi. »

(5) Minutes du notaire Etienne Escoffier (étude de Me Ferrier, not. à Romans), f^os cxxvij-xxxij ; *Precepta* cités, f°s 28 v°, 29 et 30 v°.

(6) « Item solvit die xxvij marcii,.... de mandato scindicorum, medico Polhonic, qui ostensit secretum pulvis contra pestem Ludovico de Fabrica, et que recepta fuit registrata in libro ville Memorialium, vid. ix ff. » (ibid., f° 31).

(7) *Liber actorum* cité, f^os cxiij v°-cxviij ; *Precepta* cités, f° 39.

dont le programme ne nous a pas été transmis (1). Nous savons cependant qu'une confrérie fut instituée en l'honneur de saint Barnard et des trois martyrs, patrons de la cité, et que, « faict requeste à yceulx, cessast incontinant la dicte peste, estant au moys d'oust fort afoguée » (violente) (2).

Bien qu'on ne doive pas lui attribuer le chiffre de 4275 décès, indiqué par Dochier (3), elle laissa dans Romans des traces profondes de son passage. L'année suivante, à l'entrée de la saison des chaleurs, époque où le fléau se ranime ordinairement, les craintes n'étaient point complètement dissipées ; l'apparition de quelques cas isolés dans les bourgades environnantes engageait à ne pas négliger les précautions de la prudence, et nous voyons, le 4 mai 1508, le conseil de ville interdire pendant plusieurs jours toute communication avec Valence (4).

La sécurité revint enfin, et les Romanais, heureux d'avoir échappé à un danger aussi imminent, songèrent à témoigner leur reconnaissance à Dieu et aux martyrs Séverin, Exupère et Félicien, dont ils avaient deux fois invoqué la puissante intercession. Les reliques de ces généreux confesseurs de la foi, que saint Barnard avaient transférées de Vienne à l'église de Romans dès sa fondation, y reposaient enfermées dans une châsse consacrée par la vénération des fidèles ; c'était donc une pensée populaire et pieuse que celle de célébrer leur martyre, et de reproduire aux yeux de tous les actes de leur vie et le tableau de leurs glorieux tourments.

III

La résolution prise, on dut s'occuper des moyens d'exécution pour une œuvre qui demandait beaucoup de temps, de soins et d'argent. On était en juillet 1508. On voulait que la pièce pût être jouée aux fêtes de Pentecôte de l'an 1509, c'est-à-dire à la fin de mai suivant. Dix mois pour composer le *livre* du Mystère, pour distribuer et apprendre les rôles, pour construire le théâtre et le garnir des

---

(1) *Liber actorum* cité, f^{os} cxviij et cxix v°.
(2) P. 591.
(3) *Mém. sur Romans*, p. 133. — Ce chiffre se rapporte à l'épidémie de 1585. comme l'a prouvé M. le Dr CHEVALIER, *Recherches sur les pestes de Romans du XIVe au XVIIe siècle*, dans *Bull. de la soc. d'archéol. de la Drôme*, 1879, t. XIII, p. 259 (tir. à part, p. 7).
(4) *Livre de raison*, f° 23 v° ; *Liber actorum* cité, f° cl v°.

décorations nécessaires, ce n'était pas trop ; mais le zèle de toutes les classes de la population, excité par le motif religieux, suffit à cette tâche ; le Mystère fut représenté à l'époque que l'on s'était prescrite.

Voici l'exposé des évènements qui s'écoulèrent durant ces dix mois et des incidents divers auxquels le Mystère des Trois Doms donna lieu.

Le 4 juillet 1508, les membres du Chapitre de Saint-Barnard, les consuls et plusieurs habitants notables de Romans, réunis en assemblée générale, arrêtent unanimement de faire représenter aux prochaines fêtes de Pentecôte le *Jeu des Trois Martyrs* Séverin, Exupère et Félicien, patrons de l'église et de la cité. Le Chapitre prend à sa charge une moitié de la dépense et la ville l'autre. Les religieux de Saint-François, les PP. Cordeliers, jaloux de témoigner leur empressement et de s'associer à cette œuvre pieuse, offrent la cour de leur couvent, local très favorable pour y construire le théâtre. Ils contribuèrent également de leurs deniers, en avançant aux consuls une somme de 200 florins (1), qui vint fort à propos en aide aux finances de la communauté, très obérées par les sacrifices que lui avaient imposés les ravages de la peste et les calamités de toute espèce que ce fléau traîne à sa suite. Le conseil de ville avait déjà fait un appel aux diverses Confréries : celles de St-Sébastien, de Notre-Dame de Grâce, de St-Barnard et des Marchands (qu'on appelait l'abbaye, *abbatia Mercatorum*) (2) apportèrent leur contribution (3) ; celles de St-Jacques et de St-Crépin, déjà créancières de la ville, ne purent suivre cet exemple (4).

Pour surveiller l'ensemble et les détails de cette œuvre importante, neuf commissaires sont désignés, trois par le chapitre, deux par la

---

(1) P. 24*. Cet argent fut prêté en écus au soleil et à la couronne : 61 écus sol à raison de 3 fl. 1 s. pièce = 188 fl. 1 s. ; et 4 écus à la couronne à raison de 3 fl. = 12 fl. ; total qui fut remboursé, 200 fl. 1 s. Cf. p. 628, n. 3.

(2) D' CHEVALIER, *Essais histor. sur les hôpitaux de Romans*, Valence, 1865, p. 245-6.

(3) P. 23-4*. Ces prêts étaient gratuits et sans aucun intérêt ; aussi les considérait-on comme un sacrifice, et à ce titre s'adressait-on de préférence à ceux qui ne s'en étaient point encore imposé pour concourir à l'œuvre commune ; ainsi le Conseil est d'avis d'emprunter non-seulement des Confréries, mais encore des habitants qui ne joueront pas, *ab illis qui non ludebunt.* Quant aux acteurs, le temps donné à l'étude de leur rôle et surtout les frais de leur costume, pouvaient les dispenser de toute autre contribution.

(4) P. 23-4*, n. 3.

chapelle Saint-Maurice et quatre par la ville : les premiers sont
messire Jean Gillier, maître de chœur, messires Benoît Chastillon et
Jean Varse, chanoines ; les seconds, Claude Conton, habitué, et
Antoine de St-Pierre, sous-clavier ; les derniers, Louis Perrier,
licencié en droit et juge, Jean Alexe, Claude de Dril et Girard Chas-
taing (1). L'assemblée, avant de se séparer, donne mission au chanoine Pra, de Grenoble, de faire le *livre* du jeu des Trois Martyrs (2) ; elle lui assigne à titre d'honoraires une somme de 150 florins par mois pour sa dépense personnelle à Romans, et pour celle
de son clerc ou secrétaire (3).

Le nom du chanoine Pra (on devrait plutôt l'appeler *du Pré*, en
latin *de Prato*) (4) n'est pas de ceux qui ont traversé les siècles avec
une auréole de glorieuse notoriété (5). C'était toutefois un des personnages considérables de la ville de Grenoble. Les registres du
chapitre de Notre-Dame mentionnent, dans l'année 1494, Siboud
Pra, *Siboudus de Prato*, parmi les chanoines signataires d'une délibération rédigée en latin ; et c'est avec le titre de chanoine de cette
collégiale qu'il est désigné comme témoin dans un contrat de 1508
publié par nous (6). Si nous consultons les délibérations consulaires
de Grenoble, nous voyons Siboud Pra faire partie, le 26 nov. 1497,
du comité chargé d'organiser la réception du gouverneur Jean de
Foix (7). Six ans après son séjour à Romans, nous le retrouvons à
Grenoble, en 1515, comme ordonnateur des préparatifs pour les
entrées du duc et de la duchesse de Longueville, de François Ier et
du duc de Bourbon (8) ; l'année suivante, il préside à la brillante
réception faite à la reine Claude (9). Bien que les registres consulaires ne le disent pas positivement, il y a tout lieu de croire que le
chanoine Pra fut l'auteur des « histoires » dont on agrémenta ces

(1) Pp. 794 et 796. On leur donna des substituts, qui furent eux-mêmes souvent remplacés par d'autres : cf. pp. 604, 608, 623, 629, 631 et 797.

(2) Dochier attribue (p. 133) faussement le Mystère au juge Louis Perrier ; cf.
plus haut p. 98, n. 1.

(3) Pp. 594-400 et 793-6.

(4) Dans le compte il est invariablement nommé *Pra* (p. 599-632, passim), mais
le juge Perrier, dans son épilogue (p. 591), l'appelle *Pré* : nous devons être en
présence des formes patoise et française du même mot.

(5) Cf. Petit de Julleville, ouvr. cité, t. I, p. 329-31.

(6) P. 800-1.

(7) P. 3*.

(8) P. 6-8*.

(9) P. 8-11*.

fêtes publiques (1) ; en revanche ils nous apprennent combien ses services furent précieux et intelligents, *qui se bene habuit in introgiis.* En 1518, le conseil lui accorda la faculté de prendre, dans les îles du Drac, 400 *arcosse, gratis et pro uno semel* (2). Enfin le chanoine-poète était un calligraphe distingué : on lui doit la copie d'un certain nombre de terriers de l'église Notre-Dame de Grenoble, comme le prouve la mention suivante inscrite sur l'un d'eux : *fuit satisfactum domino de Prato, de labore suo in faciendo hunc librum* (3).

Le chanoine Pra se met aussitôt à l'ouvrage ; il divise son sujet en trois journées. Moins de six semaines après, le 14 août, il arrive à Romans, apportant « ce qu'il avait fait au livre du premier jour ». Les commissaires se réunissent, le lendemain, à la maison de ville pour en entendre la lecture. Il paraît qu'ils n'en furent pas satisfaits, car le même jour, 15 août, ils dépêchent un exprès à maître Chevalet, *fatiste* ou poète de Vienne, pour l'engager à se rendre à Romans et à travailler comme « coadjuteur » avec le chanoine Pra au livre des Trois Martyrs (4).

Il ne s'agit plus ici, comme tout-à-l'heure, d'un personnage obscur ; Chevalet eut, de son vivant, une certaine célébrité. A vrai dire, Du Verdier, qui écrivait à la fin du siècle dont le commencement avait vu fleurir Chevalet, le connaît à peine, et dit que « son nom propre lui est incertain » (5). Toutefois, il ne faudrait pas en tirer

(1) « Fiant hystorie et alia ad dictum dom¹ canonici de Prato » (p. 9*). D'ailleurs l'épilogue de notre Mystère le qualifie déjà de « fatiste » (p. 591).

(2) P. 12*. A partir de 1527 le médecin Pierre Aréod paraît être l'organisateur des fêtes à Grenoble (p. 15* ; cf. Rochas, *Biog. du Dauph.*, I, 34ᵇ).

(3) Communication de M. Prudhomme, archiviste de l'Isère.

(4) P. 601-2.

(5) *Bibliothèque françoise*, Lyon, 1585, in-fol., p. 161. — Le nom de ce poète est bien *Chevalet* et non point *Chivalet*, comme l'écrivent Chorier (*Hist. de Dauph.*, 1672, t. II, p. 536 de la n. é.) et Guy Allard (*Biblioth. du Dauph.*, 1680, p.71), et après eux MM. Weiss (dans la *Biogr. univers.* de Michaud, 1813, t. VIII, p. 413) et Gust. Brunet (dans la *Nouv. biog. génér.*, 1856, t. X, c. 336). Il suffisait, pour éviter cette erreur, de lire le titre même du Mystère imprimé en 1530, que nous citerons plus loin. Du Verdier et son annotateur La Monnoye (nouv. édit. de la *Biblioth. franç.*, 1772, t. III, p. 314-5) ne s'y sont pas trompés, non plus que M. Petit de Julleville (ouvr. cité, t. I, p. 331). — Le Compte de la représentation laisserait cependant quelque doute ; il y est question de Chevalet en deux endroits : à la date du 25 août 1508, à l'occasion de son voyage à Romans, le receveur Jean Chonet, l'appelle « mestre Chivallet » (p. 601-2) ; et le 14 mai suiv., noble Etienne Combez des Coppes, qui lui fut spécialement député à Vienne et qui y passa trois jours auprès de lui, le désigne deux fois sous le nom de Chevallet « (p. 635). C'est à cette dernière autorité que nous nous rangeons, et voici comment on peut, ce

une conséquence trop rigoureuse contre le talent personnel du poète ; deux causes, indépendantes jusqu'à un certain point du mérite de ses œuvres, avaient agi pendant cet intervalle et contribué puissamment à ce résultat : la réforme dans les idées religieuses, qui avait décrédité particulièrement ce genre de composition, et le goût du public, qui l'avait banni de la scène.

En 1508, Claude (1) Chevalet était en possession d'une réputation qu'il devait à plus d'une heureuse tentative, et qui lui valut l'honorable message des habitants de Romans. Par une conjecture, qui semble sérieusement fondée — la ville qui a été le berceau du fatiste a dû être également le théâtre de ses essais, — nous lui avons attribué la paternité des « histoires » représentées à Vienne le 1er décembre 1490, jour où le roi Charles VIII arrivait dans cette ville (2). Chevalet fut chargé de la « poetrie et versification » du mystère joué à Lyon, lors de l'entrée du même prince, le 6 mars 1494 (3).

semble, expliquer la différence : le receveur écrivait le mot comme il l'entendait généralement prononcer, à une époque où presque tout le monde à Romans s'exprimait en patois. Dans ce langage, au lieu d'un *cheval* on disait par corruption un *chival ;* le peuple Romanais, en parlant de maître Chevalet, l'aura probablement appelé « mestre Chivalet » et le marchand Chonet, écho fidèle du public, aura reproduit dans son compte cette locution vicieuse ; mais le sieur des Coppes, noble personnage, en rapports fréquents avec Chevalet, n'a pu se méprendre ainsi, et il a dû conserver au nom sa véritable orthographe. — Les délibérations consulaires de Valence, rédigées en un latin qui n'est souvent que la traduction littérale du langage vulgaire, le désignent sous les trois formes de « Chivaleti, Chavaleti » et « Chivalet » (pp. 37-8°).

(1) Guy ALLARD, qui fait de Chevalet un gentilhomme du Viennois dont la famille porte de gueules au cheval échappé d'argent *(Diction. du Dauph.,* 1864, t. I, c. 282), lui donne, ainsi que les frères PARFAICT *(Hist. du théâtre franç.,* 1745, t. II, p. 259 ; éd. d'Amsterdam, p. 231-2) et M. ROCHAS *(Biogr. du Dauph.,* 1856, t. I, p. 234 b), le prénom d'*Antoine;* CHALVET, dans sa nouv. édit. de G. Allard *(Bibl. du Dauph.,* 1797, p. 113), celui de *Claude.* Les registres de la ville de Valence l'appellent à trois reprises « Glaudius, Glaudus » (pp. 37° et 38°). C'est donc à ce dernier prénom qu'il faut s'arrêter, bien que ni notre Compte, ni le Mystère de St-Christophe, ni Du Verdier n'en fassent mention : seulement le nom y est toujours précédé de la qualité fort peu aristocratique de « mestre ». Quant à sa noblesse et à ses armes, rien n'est moins certain ; nous n'avons à ce sujet que le témoignage de Guy Allard (reproduit sans autre preuve par M. de la BATIE dans son *Armorial de Dauph.,* 1867, p. 151 b) et cet auteur, en général peu exact et peu scrupuleux, est ici d'autant plus suspect que CHORIER, qui entre au sujet de la famille « Chivallet » dans des développements assez étendus *(Estat polit.,* 1671, t. III, p. 186-7), ne parle nullement de l'auteur de St-Christophe, dont il était cependant le compatriote.

(2) *Revue du Dauphiné,* 1881, t. V, p. 26 (tir. à part, p. 6). Cf. p. 883-4, n. 4.

(3) Ant. PÉRICAUD, *Bibliographie Lyonnaise du XVe siècle,* 1851, p. 9.

Il est plusieurs fois question de lui dans les délibérations consulaires de Valence. En 1500, il composa pour les Valentinois un
Mystère des trois martyrs Félix, Fortunat et Achillée, protecteurs de
leur cité, *Glaudio Chivaleti, fatiste misterii trium martirum* (1). En
janvier 1506, on envoie de cette même ville des messagers à Vienne
pour prier Claude Chevalet ou, à son défaut, un autre poète compé-
tent, *aliquis qui intelligat materiam*, de venir préparer des farces
(farsicula, farcie, facesiá) en l'honneur de l'évêque Gaspard de Tournon, qui devait faire prochainement son entrée à Valence : Chevalet
accepta, mais il ne voulut pas finir son travail avant d'avoir réglé
avec les consuls la rétribution qu'on lui payerait (2).

Il nous sera encore permis, sans trop de témérité, d'attribuer,
avec M. Delorme (3), à Chevalet le Mystère de la vie et du martyre
des saints Zacharie et Phocas, qui fut joué à Vienne la même année
1506. Il l'aurait fait pour les moines de l'abbaye de St-Pierre, qui
proposèrent eux-mêmes aux consuls de la ville la représentation de
ce jeu dont ils avaient, disaient-ils, le *livre* achevé dans toutes ses
parties, *quorum haberent librum completum*. Il est peut-être aussi
l'auteur d'une Passion en huit journées, donnée quatre ans plus
tard, en 1510, dans le jardin de la même abbaye de St-Pierre, avec
une magnificence et un succès que les registres consulaires de Vienne
ne nous ont pas laissé ignorer (4).

Enfin, postérieurement à la date de notre mystère et du mystère
de la Passion, Chevalet fit représenter à Grenoble, en 1527, le fameux *Mystère de saint Christophe* (5). Trois ans plus tard, cette œuvre
obtenait les honneurs de l'impression ; elle parut à Grenoble, sous
ce titre :

« *Sensuyt la uie de sainct Christofle elegamment | coposee en rime
francoise et par personages | par maistre Chevalet iadis souveraĩ
maistre en | telle compositure nouuellement imprimee.* (A la fin) *Icy
finist le Mystere du glorieux sainct Chri | stofle compose par per-
sonaiges et imprime | a Grenoble le vingthuit de ianuier lan coptat a*

(1) P. 36-7°.
(2) P. 38°.
(3) P. 890-1.
(4) P. 891-2.
(5) On trouvera une analyse plus ou moins développée de cette pièce dans :
DE BEAUCHAMPS, *Recherches sur les théâtres de France*, 1735, t. I, p. 311 ; Fr. et
Cl. PARFAICT, ouvr. cité, 1745, t. III, p. 1-26 ; *Biblioth. du théâtre françois*, 1768,
t. I, p. 93-6 ; DOUHET, *Dict. des Mystères*, 1854, c. 232 ; PETIT DE JULLEVILLE,
ouvr. cité, t. I, pp. 269-71, 294, et t. II, pp. 114, 599-605.

la Natiuite de nostre Seigneur mil ciq | cens trente aux despens de maistre Anemond Amalberti citoyen de Grenoble (1). »

Ce Mystère dut être son dernier ouvrage, et déjà à l'époque de l'impression Chevalet n'existait plus. La qualification qui lui est donnée dans le titre de cette pièce : *jadis souverain maître en telle compositure*, prouve à la fois sa mort et la célébrité dont il jouissait de son vivant.

On comprend l'impatience avec laquelle un personnage aussi renommé était attendu à Romans, et tout le fruit qu'on s'y promettait de sa coopération. Il y vint, y passa quelques jours, et n'y fit rien. Sans doute son esprit indépendant ne put se plier au joug d'un travail commun. Chevalet, avec tous les défauts de son temps, qu'il outre encore, trivial, grossier, obscène, montre cependant dans le seul ouvrage qui nous reste de lui, une versification facile, de l'imagination, de la verve et un penchant décidé pour la satire, toutes qualités qui expliquent fort bien son éloignement pour composer en société et pour se faire, comme on le désirait, le « coadjuteur » d'autrui. Aussi, après un séjour d'une semaine environ, reprit-il le chemin de Vienne, « pour ce qu'il ne volit pas », dit naïvement le manuscrit, « besoigner avec le chanoine Pra », et une indemnité de 10 florins 8 sols, non compris sa dépense, lui fut comptée pour son voyage. Nous verrons bientôt que malgré ce refus on eut encore recours à lui.

Voilà donc le chanoine Pra réduit à ses propres inspirations, dont il n'était pas même tout-à-fait le maître, et qu'il devait soumettre de temps en temps aux lumières et au contrôle des commissaires romanais : singulière manière de travailler pour un écrivain, surtout pour un poète, et qui est probablement entrée pour beaucoup dans la détermination prise par Chevalet, mais le bon chanoine s'y conformait avec une entière docilité. A mesure qu'un livre était

---

(1) In-4°, en lettres rondes, avec signatures A-CCC. Ce volume est un des plus rares de la classe des Mystères et des productions de la typographie Dauphinoise. De Bure *(Bibliogr. instruct.*, 1763, t. I, p. 565-70, n° 3226), Colomb de Batines *(Mélanges biog. et bibliog. relat. à l'hist. littér. du Dauph.*, 1837, t. I, p. 454-8), Brunet *(Manuel du libraire*, 4° éd., 1842, t. I, p. 648ᵇ ; 5° éd., 1860, t. I, c. 1836-7 ; Supplément, 1878, t. I, c. 255-6), Graesse *(Trésor des livres rares*, 1861, t. II, p, 131ᵇ) et M. Maignien *(L'imprim. à Grenoble*, 1884, p. 10-1) en donnent la description. Un des quatre exemplaires connus est à la bibliothèque de Grenoble ; celui du duc de La Vallière a été acquis, pour 1600 fr. à la vente Solar, par le duc d'Aumale.

achevé, les commissaires s'assemblaient à la maison de ville, et là
le chanoine Pra leur en donnait connaissance. C'était ce qu'on appelait « visiter le livre ». Ces « visites » furent assez répétées et accom-
pagnées sans doute de nombreuses observations critiques, car
nous voyons un article de dépense, le 28 janvier, pour relever plusieurs « *fautes* au livre du second jour » et, vers la fin de février, des
séances où l'on a vaqué « jours et nuits » pour « adresser » les
livres du jeu (1), c'est-à-dire pour y opérer les changements et les
rectifications nécessaires. Le pauvre auteur devait faire là une triste
figure, et son manuscrit devait sortir tout mutilé d'une si rude
épreuve. Les corrections qu'on lui fit subir furent telles, qu'il fallut
le recopier en entier et refaire les rôles des trois jours ; et il fut alloué
à Pra, indépendamment de ses honoraires, une somme de neuf florins, juste rémunération de ce surcroît de travail (2).

Enfin, vers les premiers jours de mars, la pièce était complète ;
les trois livres purent être transcrits sur la minute de l'auteur par
trois notaires, qui reçurent pour cette tâche un égal salaire de 28
sols chacun (3). C'est à ce moment que les rôles durent être distribués.

On sait, et les exemples abondent à l'appui, que l'empressement
était grand à figurer dans ces représentations solennelles : ecclésias-
tiques et séculiers, nobles et bourgeois, artisans eux-mêmes, tous y
apportaient leur concours. C'est ce qui a fait « dire que la moitié
d'une ville était chargée d'amuser l'autre » (4). Le nombre considérable de personnages, dont se composaient ordinairement ces drames, permettait de satisfaire à beaucoup de demandes et laissait
une grande latitude dans la répartition des rôles ; on en comptait 98
pour le Mystère de la vie des Trois Martyrs, et 36 dans la Translation qui suivait.

Grâce au manuscrit original du Mystère nous connaissons « les
noms et surnoms » de tous ceux qui y remplirent les rôles (5). Les
acteurs appartiennent aux premières maisons de la ville. C'est le
maître de la monnaie, Girard Chastáing ; le juge de la ville, messire Louis Perrier ; quatre nobles : Etienne Combes, Humbert Odoard,

---

(1) Pp. 602 et 604.
(2) P. 604.
(3) P. 612.
(4) Onés. LE ROY, *Etudes sur les Mystères*, Paris, 1837, in-8°, p. 115.
(5) P. 593-7.

2

Guillaume Tardivon et Claude Gateblet ; le curé de St-Barnard, messire Antoine de St-Pierre ; un cordelier, frère Gago ; « monsieur » le chanoine Chastillon ; enfin l'official lui-même, Charles Veilheu, c'est-à-dire l'ecclésiastique chargé des pouvoirs de l'archevêque de Vienne à Romans, et l'un des plus importants personnages de la cité, non seulement avait accepté un rôle, mais encore avait mis sa salle d'audience à la disposition des commissaires pour les répétitions. C'est qu'en effet jouer un Mystère était aux yeux du peuple un acte pieux, et ceux qui pouvaient y tenir utilement leur place se faisaient un devoir et un point d'honneur religieux d'y paraître.

IV

Nous allons maintenant laisser un peu nos acteurs étudier leurs rôles et se préparer pour le jour solennel de la représentation, et nous nous occuperons du théâtre même sur lequel ils devaient s'essayer, et de la partie pour ainsi dire matérielle du jeu.

Elle n'avait point été négligée par les commissaires. Dès le 30 décembre 1508, un marché avait été passé avec trois *chappuis* (charpentiers) de Romans : Jean Lambert, dit Caffiot, Jean Roux et Pierre Pérat, qui s'obligeaient à construire les échafauds et la plate-forme pour le Mystère des Trois Martyrs, ainsi que les châteaux, villes, tours, tournelles, paradis, enfer ; à fournir les grosses pièces pour les piliers des tentes et généralement tous les ouvrages en bois concernant les *feintes* ou décorations, moyennant le prix de 412 florins (1).

Ces travaux devaient être établis dans la cour du couvent des Cordeliers, emplacement offert, comme nous l'avons déjà vu, par les religieux et accepté par la ville. Ce local a peu changé depuis trois siècles ; son nom a même survécu dans le langage ordinaire à la destruction du monastère, mais ses alentours et sa destination se sont singulièrement modifiés. Aujourd'hui c'est une promenade fréquentée, qui se lie par des sentiers habilement ménagés à la promenade supérieure, et sur laquelle s'ouvrent nos établissements publics les plus importants : la justice de paix, les postes et télégraphes, le tribunal de commerce, la mairie, le collège communal d'un

(1) Pp. 600, 23* et 796-801.

côté, et de l'autre, la salle de spectacle ; c'est aussi, à certaines
époques, le champ de bataille électoral de l'arrondissement : en un
mot, c'est le centre du mouvement administratif de notre cité.

Il n'en était pas de même au commencement du XVIᵉ siècle. La
cour des Cordeliers, silencieuse alors et isolée du tumulte, était fer-
mée au couchant, par une haute muraille ; au midi, par un vivier ; au
nord, par une muraille aussi, à la place de l'Hôtel-de-Ville actuel ;
et derrière, sur le côteau, une vigne, embrassant notre Champ-de-
Mars et appartenant aux Pères, s'étendait jusqu'au pied des remparts. Le fond, dans la partie orientale, en avant du lieu où est à
présent le théâtre, était occupé par le couvent et par l'église de
Saint-François, grand et bel édifice dont la construction remontait à
la dernière moitié du XIIIᵉ siècle. Des ormes, plantés de distance en
distance, abritaient contre la chaleur les religieux qui venaient se
reposer sous leur ombrage, et peut-être y méditer la parole de Dieu,
dont plusieurs étaient, en ce temps-là, de zélés interprètes (1). Le
choix de ce local, pour y jouer le Mystère des Trois Martyrs, vint
faire une diversion momentanée au calme habituel qui y régnait, et
pendant quelques mois la cour présenta l'aspect d'un vaste chantier
où des ouvriers nombreux, et de professions diverses, concouraient
à l'envi par leurs travaux variés au but commun, à l'érection et à
l'ornementation du théâtre.

Quelle était la forme de ce théâtre ? L'art du machiniste était alors
trop rudimentaire pour répondre aux exigences de la perpétuelle
mobilité de l'action, et produire des changements à vue presque
sans discontinuité. Il fallait donc, en dépit de toute vraisemblance,
que le théâtre offrît simultanément tous les lieux où les péripéties
de l'action pouvaient conduire les personnages : paradis, enfer,
temples, palais, chaumières, places publiques, villes, campagnes et
déserts. Le moyen le plus simple de réaliser ce cadastre dramatique,
c'était de disposer toutes ces décorations sur une ligne, comme les
tableaux divers composant une galerie. Dans ces conditions, on
comprend que le théâtre devait parfois atteindre en largeur des dimensions excessives. Aussi les historiens de nos antiquités drama-
tiques ont-ils généralement cru à l'existence d'étages superposés.
Les frères Parfaict, Emile Morice lui-même, que nous venons de

(1) Voir *Notice historique sur le couvent des Cordeliers de Romans*, par le
Dʳ Ulysse Chevalier, dans *Bulletin de la soc. d'archéol. de la Drôme*, 1868, t. III
pp. 42-55 et 144-52 ; tir. à part, Valence, 1868, in-8° de 44 p.

citer presque textuellement (1), se figuraient le théâtre des Mystères comme « une maison haute de cinq ou six étages, subdivisée en un grand nombre de pièces, et dont la façade totalement enlevée laisse voir du haut en bas tout l'intérieur diversement décoré ». Cette hypothèse, absolument dénuée de toute preuve tirée des documents, a été attaquée en 1855 par M. Paulin Paris (2) et définitivement écartée par M. Petit de Julleville (3).

Inutile donc de supposer un instant que ce mode de construction ait été employé à Romans. Au surplus, le Mystère des Trois Doms ne saurait se comparer par son étendue et par son importance à ces œuvres colossales de la *Passion*, du *Vieil Testament*, des *Actes des Apôtres*, dans lesquelles le nombre des lieux distincts à reproduire ne s'élève pas à moins d'une centaine, et dont la représentation se prolongeait quelquefois près d'un mois. Ses proportions plus modestes permettaient parfaitement de se contenter d'une scène de plein-pied, sur laquelle venaient se ranger, se juxtaposer en quelque sorte les différents tableaux du jeu (4). Nulle part dans notre manuscrit il n'est question d'*étages*, et ce mot existait cependant alors avec sa signification actuelle, comme on peut le voir par un document de 1510 publié par nous (5). Le marché conclu avec les charpentiers les oblige seulement à construire une *plate-forme* (c'est la scène qui est toujours désignée ainsi), avec les tours, tournelles, châteaux, villes et autres lieux qui doivent y figurer, à côté et non au-dessus les uns des autres ; et les *échafauds*, c'est-à-dire les gradins destinés au public : c'est le sens évident de ce mot « échafaud », remplacé en quelques endroits du mémoire, comme un équivalent, par celui de *pentes*.

D'après les diverses données des documents, nous pouvons nous faire une idée assez exacte de l'ensemble de ce spectacle : il doit avoir été disposé dans le sens de la longueur et non pas de la largeur de la cour, afin de ménager plus de développement à la scène et d'en moins éloigner les spectateurs. La plate-forme fut construite

---

(1) *La mise en scène depuis les Mystères jusqu'au Cid*, dans *Revue de Paris*, 1835, 2ᵉ sér., t. XXII, p. 5-40, et t. XXIII, p. 73-107 ; Paris, 1835, in-8°.

(2) *Mise en scène des Mystères ;* Paris, 1855, in-8°.

(3) Ouv. cité, t. I, p. 385-441.

(4) On se réserva d'ailleurs de les « muer de jour en jour selon que le mystère le requerra » (p. 798) ; et en fait « tous les jours changea la station selon le mystère » (p. 592).

(5) P. 891.

au milieu du « plassage », vers le côté méridional (1). Elle était éle-
vée sur piliers, mesurait 36 pas ou 18 toises (2) de long et la moitié
de ces dimensions de large (3) ; une clôture en liteaux treillissés
servait de barrière. Séparés de la plate-forme par un espace de 2 à 3
pieds, les échafauds s'élevèrent circulairement par degrés vers le
nord et tout à l'entour, sur une profondeur de 6 toises. Au-dessus
des « pentes » et comme couronnement de l'amphithéâtre, régnèrent
quatre-vingt-quatre chambres ou loges, fermant à clef, avec une
barrière « sur le regard du jeu pour garder de tumber et une post
à travers à cause des petits enfans » ; on y parvenait par un escalier
donnant sur une galerie, aux deux bouts de laquelle était un « retrait ».
La plate-forme était cantonnée de quatre « belles » tours, dont trois
figuraient les parties du monde : l'Europe, l'Asie et l'Afrique (4), et la
quatrième une prison ; au milieu, les trois villes de Rome, de Lyon
et de Vienne, où se passaient les principaux évènements du drame.
Au levant, mais à un niveau plus élevé, était placé le Paradis, pour
lequel on réservait ordinairement tout le luxe des décorations ; et au
couchant l'Enfer, avec sa gorge profonde qui s'ouvrait de temps en
temps pour laisser passage aux démons. Une immense tente en toile,
fixée de trois côtés par des cordages à d'énormes piliers en bois, et
du quatrième arrêtée par des crochets en fer au mur de l'église des
Cordeliers, recouvrait tout cet espace et garantissait l'assemblée et
la scène de l'ardeur du soleil et des atteintes de la pluie.

Aux travaux des charpentiers se joignirent ceux du peintre décorateur. On l'avait fait venir d'Annonay au commencement de 1509 ;
il se nommait François Thévenot (5), mais dans le mémoire il est
presque toujours appelé « mestre Francès lo peyntre ». On lui alloua
comme salaire la somme de 100 florins, outre sa dépense personnelle (6). Il était chargé de peindre toutes les *feintes* ou décors ; on

(1) On se contenta d'abord de couper les branches basses des arbres (p. 603-4) ;
mais on reconnut ensuite la nécessité d'arracher « le gros orme dez Courdelliers »
(p. 609).

(2) La toise équivalait à Romans, en 1789, à 1 mèt. 949 mil.

(3) Le contrat passé avec les charpentiers ne portait que 30 pas en longueur et
15 en largeur (p. 797).

(4) L'Amérique, récemment découverte, ne comptait pas encore comme quatrième
partie du monde.

(5) On trouve les formes Tevenot, Thevenoct, Thevenon et Thevenin.

(6) P. 627. On lui écrivit pour le faire venir le 2 janv. (p. 603) ; dès le 13 il était
à Lyon pour ses emplètes (p. 605). Sa pension prit date du 26, à 4 flor. par mois
(p. 24*) ; il séjourna à Romans quatre mois (p. 626). Son serviteur, le « peyntre »

lui fournissait les couleurs et les ingrédients nécessaires, dont il se pourvut en grande partie à Lyon. Près de quatre mois furent employés à cet ouvrage, qui était achevé dans les premiers jours de mai, à l'époque où se fit la *montre* du jeu. Quelque temps auparavant, vers le 4 avril, la besogne n'avançant pas au gré de l'impatience des Romanais, les commissaires, dans la crainte qu'elle ne pût être terminée à temps, avaient appelé de Vienne — c'est toujours à cette ville qu'on avait recours — un autre peintre, dont on ne donne pas le nom, pour seconder maître François ; mais il paraît que celui-ci redoubla de zèle et d'activité et promit de suffire seul à sa tâche, car le nouveau venu fut remercié et la ville en fut pour les frais du voyage (1).

Au reste, ce n'était pas un médiocre artiste que François Thévenot. Il figure plusieurs fois encore dans les annales romanaises. A l'époque du Mystère, les consuls avaient déjà expérimenté ses talents : une peinture destinée à être mise devant la maison de ville lui fut payée 28 florins le 16 sept. 1508 (2). Louis XII étant venu en 1511 « dans le pays des Trois Doms (3) », Thévenot déploya les secrets de son art pour flatter les yeux du royal visiteur (4). L'année suivante, il peignit les armoiries du seigneur de Saint-Vallier, à l'occasion de sa venue (5). En 1514, il entreprit pour la maladrerie de Voley un retable, avec un tableau représentant le mauvais riche ; il reçut pour cette œuvre la somme, alors considérable, de 60 florins, laquelle ne lui fut complétée que le 20 oct. 1518 (6). Le pieux Romanet Boffin poursuivait alors avec ardeur l'érection d'un Calvaire à Romans : M. le d'r Chevalier attribue à notre peintre (7) les « ystoy-

---

Jean Bruda, travailla avec lui pendant trois mois (ib.), à 6 flor. par mois (p. 625), plus son entretien.

(1) P. 611.

(2) P. 640, n. 2.

(3) Expression de M. Le Prévost (*Correspond. de M. P.-E. Giraud*, p. 14).

(4) P. 809.

(5) P. 815.

(6) Cf. D'r Ulysse Chevalier, *Notice hist. sur la maladrerie de Voley*, Romans, 1870, in-8°, pp. 51 et 121. Les textes relatifs à ce travail ne sont malheureusement pas aussi explicites qu'on le désirerait (*Liber inventarii instrumentorum pauperum infirmorum maladerie de Vouley*, aux arch. de l'Hôtel-Dieu de Romans, f°° 9 et xx ; *Mandemans* de 1513, arch. commun., f° 35. Un autographe de cet artiste se trouve au f° 28 du Compte de la représentation (p. 636, doc. G).

(7) *Notice histor. sur le Mont-Calvaire de Romans*, dans *Bull. d'hist. et d'archéol. du dioc. de Valence*, 1883, t. III, p. 222 ; tir. à part, 1883, p. 17.

res » qui furent mises à la porte de la tour du pont, — station correspondant à la porte dorée de Jérusalem, — par autorisation du 25
fév. 1517 (1). En 1526, Huet, consul de Valence, vint à Romans
s'entendre avec Thévenot pour se procurer du bois, destiné à être
employé pour la représentation du Mystère des saints Félix, Fortunat
et Achillée (2). Les Romanais lui confièrent, en 1533, le soin de
graver les coins de quatre médailles différentes, frappées en l'honneur de François Iᵉʳ, de la reine, du dauphin et du comte de Saint-
Pol (3). Enfin, maître François fit, en 1536, à la requête du gouverneur de la province, le « portrait » (plan) de la ville de Romans,
lequel fut porté à Grenoble (4). On le voit, le peintre d'Annonay,
sans être un rival de Raphaël, son contemporain, eut son heure de
notoriété, et il est grand le nombre des imagiers, peintres et autres
artistes d'alors qui nous sont moins connus. Il figure encore dans
les registres consulaires en 1540 (5) et dans ceux des tailles en 1543
et 1546.

Voilà pour la partie décorative ! Quant aux pièces en fer, nécessaires au mouvement des machines compliquées du genre de spectacle qui nous occupe, le mémoire nous apprend que le plus grand
nombre sortit des ateliers d'un mécanicien de Romans, maître Amieu
Grégoire (6), mais celles d'une exécution plus difficile furent l'œuvre
de Jean Rosier, horloger d'Annonay, que son compatriote, le peintre François, désigna sans doute au choix des commissaires et qui
fit, est-il dit, les *feintes* de fer. C'était le véritable machiniste ; il
reçut 33 florins pour son salaire (7).

---

(1) *Papier des assamblées et conclusions de la ville de Romans*, fᵒ 104 vᵒ.

(2) P. 870.

(3) P. 28-9*.

(4) *Reg. des assamblées* de 1522-39, fᵒˢ 366 vᵒ et 372 vᵒ. Cet ordre a dû s'étendre aux principales villes du Dauphiné, car, dès le 28 juil. de la même année, les
consuls de Grenoble avaient voté « 4 ou 5 livres à Jean Lefebvre, peintre, pour
avoir fait le plan de la ville, *portractus hujus civitatis et reparationum in ea necessariarum* » (Arch. de la ville, BB. 10 ; *Invent.-somm.* de M. Prudhomme, p. 26ᵇ).

(5) P. 840.

(6) Pp. 607, 609-10, 612-7 et 619-21.

(7) Pp. 612, 614, 621 et 625.

V

Pendant qu'artistes et ouvriers, sous la direction de Sanche Dijon (1), consacraient tout leur temps à l'établissement et à la décoration du théâtre, les acteurs s'appliquaient à l'étude de leurs rôles et exerçaient leur mémoire par des répétitions fréquentes. Du 23 décembre 1508 au 29 avril 1509, on en compte onze, toutes suivies de la collation d'usage : c'étaient des « foyasses » (galettes), du vin, des fruits (2). Nous savons en effet que la moindre réunion pour le moindre sujet, soit à la maison de ville, soit ailleurs, était alors accompagnée de ces rafraîchissements obligés (3). Ces répétitions ou *recors* avaient lieu, comme nous l'avons dit, à l'officialité ; le magistrat qui présidait à ce tribunal et y rendait la justice au nom de l'archevêque, acteur lui-même dans la pièce, se prêtait avec empressement à en faciliter la réprésentation.

Le costume était aussi l'objet de la sollicitude particulière des acteurs. Il devait être à leur charge ; car cette dépense, évidemment fort considérable pour les 98 personnages du Mystère, ne se voit nulle part dans le compte général. On y trouve bien quelques fournitures payées des fonds de la masse et remises, est-il dit, à tel ou tel pour sa *feinte* (4) ; mais on remarquera que la plupart de ceux qui les reçoivent sont des plus importants de la cité, et il n'est pas probable qu'ils les aient employées à leur usage personnel. Indé-

---

(1) Dans tous les Mystères, il y avait un personnage dont les fonctions correspondaient à celles de régisseur de nos théâtres modernes, et qu'on appelait *meneur* ou *maître du jeu*. Cet emploi a été, croyons-nous, rempli à Romans par Sanche Dijon, citoyen notable qui avait été deux fois consul (1504-5), et que le Mémoire nous représente comme une espèce de directeur des travaux. Il préside aux fouilles sous la scène pour l'emplacement de l'enfer ; il fait garnir le temple de luminaire ; il surveille les habillements, les décorations, et il reçoit un salaire de 18 florins pour quatre mois, à raison de 4 flor. 1/2 par mois (pp. 616-7, 622 et 625-6).

(2) Pp. 603-4, 609, 612-3 et 615-6.

(3) On constate chaque année dans les registres consulaires que, d'après une coutume immémoriale, le compte annuel du receveur était suivi d'un dîner. En 1513, la guerre étant imminente et les circonstances très critiques, il fut décidé que le repas d'usage n'aurait pas lieu ; mais, afin que cette dérogation accidentelle ne tirât pas à conséquence pour l'avenir, on eut soin d'en consigner les motifs dans la délibération du 8 juil. (*Papier de raison* cité, f° 94 v°).

(4) Pp. 618, 622, 627 et 633.

pendamment des rôles réels de la pièce, le théâtre présentait des
personnages muets figurés par des mannequins ; ces « corps feints »,
fabriqués à grands frais (1), étaient comme un dédoublement des
martys de Rome et de Vienne pour le moment de leur exécution.
C'est exclusivement pour cette destination que les chaussures et
étoffes en question avaient été achetées, et elles sont mises dans le
compte sous le nom de l'acteur principal de la scène à laquelle appar-
tenaient ces rôles. Hors ces rares exceptions, on peut affirmer que
tous ceux qui ont joué dans la pièce se sont habillés et « accoutrés »,
comme on disait alors, à leurs frais.

Au commencement de mai, grâce à l'activité déployée jusque-là,
tout était disposé pour faire la *montre du jeu*. Bien différente du *cry*
ou proclamation qui se faisait au début avant l'étude du Mystère, et
qui avait pour objet principal d'en donner connaissance au public et
de trouver des acteurs capables et de bonne volonté, la montre suppo-
sait les préparatifs de la mise en scène presque achevés, les rôles
distribués et appris, la pièce sur le point d'être jouée. C'était, en
quelque sorte, un échantillon offert aux yeux du peuple de toutes les
magnificences que l'on devait prochainement étaler à la représentation véritable du Mystère. A un jour fixé — à Romans ce fut le 6 mai,
— tous les acteurs, à cheval et revêtus de leurs costumes, se réunis-
saient au son de la trompette et au branle de toutes les cloches ;
cette brillante cavalcade parcourait ainsi la ville, s'arrêtant de temps
en temps sur les principales places, et annonçant officiellement à la
foule ce que celle-ci savait déjà depuis longtemps : le sujet du drame,
l'époque du jeu, et sans doute aussi le prix des places et toutes les
mesures de police arrêtées pour les trois journées. Notre mémoire
ne parle des « montres du geu » qu'accidentellement, à l'occasion
d'une collation qu'on n'aurait eu garde d'oublier ce jour-là, et qui
s'y trouve portée comme article de dépense (2) ; mais on peut sup-
pléer à son silence par l'épilogue du Mystère. Au dire du juge
Perrier, tout fut d'une richesse inouïe : les personnages émerveillè-
rent tous la ville par leurs « acostremans » en draps d'or, d'argent, de
satin, de velours et de soie « buffés » d'argent ; le public estima à
cent mille escus et plus (3) » leurs bagues et pierreries (4).

(1) Pp. 606-7, 611, 613-5, 618 et 627.
(2) P. 617 ; cf. pp. 618 et 622.
(3) Cette somme, quelque peu fabuleuse, équivaudrait aujourd'hui à près de quatre millions de francs.
(4) P. 592.

3

Le lendemain de la montre, le 7 mai, eut lieu le dernier *recort*, la répétition générale. (1) Là, un scrupule un peu tardif s'empara des commissaires. L'œuvre du chanoine Pra, même après avoir été si souvent retouchée, leur parut demander, dans certaines parties du moins, un nouveau remaniement : à leur avis, les rôles des quatres « tyrans » laissaient encore à désirer. On résolut de les faire « radouber », c'est-à-dire de les renforcer ; et, malgré le refus récent de Chevalet de coopérer au Mystère des Trois Doms, ce fut encore à lui qu'on eut recours en cette circonstance, tant était grande, il faut le reconnaître, la réputation dont il jouissait à cette époque. Etienne Combez des Coppes, noble romanais, lui fut donc député à Vienne ; il y passa quatre jours, et cette fois le poète se prêta certainement au travail qu'on lui demandait, puisque le compte porte sept florins « baylhés à mestre Chevallet », indépendamment de quelques repas pris par lui et payés à part (2).

Sur quels points portaient ces changements ? Il est facile de nous en rendre compte, car le fatiste viennois transcrivit (ou fit transcrire) ses corrections à la marge du texte ou sur des feuillets intercalés dans le manuscrit et de plus petit format que les pages de l'œuvre du chanoine Pra. Il ne retoucha pas seulement le rôle des « tyrans », comme on pourrait le conclure du texte visé plus haut. Toutefois ces rôles, ou d'autres identiques par le fond de comique et d'expressions saupoudrées d'un gros sel, furent de sa part l'objet d'un soin spécial. Enfin nous apprenons, par un article de la dépense de Combez, qu'au retour d'une excursion à Lyon il fit corriger par Chevalet son rôle particulier en « aulcuns passages » ; ce « rhabillage », comme il l'appelle lui-même, dans la note écrite et signée de sa main et annexée au compte général, lui coûta un teston. Etienne Combez figurait Brisebarre, le premier « tyran ».

Chevalet aurait-il également rédigé les rubriques du Mystère, ou notes marginales indicatives des jeux d'instruments, entrées en scène de nouveaux personnages, départs de messagers, etc. ? On ne sera guère porté à le croire, bien que la même plume qui a fixé sur le papier ses modifications et retouches semble avoir écrit ces rubriques, — généralement en français, parfois en latin. La Translation, qui fait suite au Mystère et qu'on décida, au dernier moment, de ne pas représenter, n'offre pas ces indications théâtrales : c'est donc après coup qu'elles ont été rédigées.

(1) P. 617.
(2 Pp. 620 et 634-5.

Ce qui est hors de doute, ce sont les noms des scribes du chanoine Pra. Les vers de la première journée ont été copiés par maître Perdichon, ceux de la seconde par maître Jacques Beille, enfin ceux de la troisième, qui comprenait primitivement la Translation, par Guiart Rostaing, notaire de Romans, comme les deux premiers (1).

Les derniers jours qui précédèrent les fêtes de Pentecôte furent employés à terminer !les préparaitfs pour le jeu du Mystère. Le 15 mai, les commissaires, en personnes prudentes et avisées, font visiter par deux maîtres charpentiers pris hors de la localité, l'un à St-Marcelin, l'autre à St-Antoine, les échafauds et le théâtre, afin de s'assurer de la parfaite solidité de l'ouvrage, auquel cette épreuve fut favorable (2). Une sentinelle est établie à la porte principale de l'enceinte, avec mission d'en écarter les simples curieux et d'en permettre l'accès aux seuls ouvriers que la foule trop empressée aurait gênés dans leurs travaux (3). Enfin arrive le grand jour de la représentation.

Pendant que le souffleur — dont l'importance est manifeste si l'on tient compte du peu de temps qu'on eut pour apprendre et étudier les rôles — aide puissamment les nombreux acteurs, suivons, nous aussi, scène par scène les péripéties de notre drame. La représentation doit durer trois jours : il a fallu combiner la pièce de façon à donner un tout complet durant ce laps de temps. Aussi a-t-on exactement délimité la part qu'on doit jouer chaque matin et celle qui est réservée pour les après-dînées. A la dernière heure on a reconnu que le Mystère est trop long. Que faire ? On se hâte de *syncoper* la trilogie — pourtant si amusante — de Baudet, Malenpoint et Blondette (vers 5416-618), et l'on retranche la Translation qui devait remplir la troisième soirée. De plus on échancre une partie de la seconde journée qui, jointe à la portion fixée pour la matinée de la troisième, occupera le dernier jour tout entier. L'orchestre, qui a donné des aubades le jour de la *montre* (4), est des plus simples. A s'en tenir au mémoire, quatre trompettes amenés à grands frais d'un pays étranger, de Valréas (Vaucluse) (5), et quatre tambourins pris

(1) P. 612.
(2) P. 620.
(3) P. 626.
(4) P. 618.
(5) Pp. 614-5, 618, 620 et 625.

dans la ville (1), auraient composé toute la musique du jeu (2). Cependant il est probable que d'autres instruments en faisaient partie. L'orgue, qui figurait d'ordinaire dans le Paradis comme accompagnement indispensable des chants célestes, n'a pas manqué à la représentation de ce Mystère (3) ; seulement le Chapitre l'aura peut-être offert sans en réclamer le loyer, et le compte, qui se borne à rapporter les sommes payées ou reçues, n'en a pas fait mention.

VI

On vient de parcourir le texte du Mystère des Trois Doms, de lire au moins l'ample analyse par actes et par scènes insérée dans l'Introduction (4). En tenterons-nous ici une appréciation d'ensemble ? La chose ne demande pas de longs développements. Tout ce qui a été dit de la valeur des mystères en général (5) s'applique parfaitement à celui des saints Séverin, Exupère et Félicien en particulier.

Faiblesse du plan, enchevêtrement des faits, prolixité fastidieuse, manque de goût, négligences de style, anachronismes singuliers, tout cela s'y trouve successivement ou même à la fois. L'expression surtout atteint souvent la grossièreté la plus odieuse. Pra ne s'était pas fait faute d'user de locutions mieux faites pour réjouir les basses classes que pour charmer les délicats. Chevalet se garda bien d'émonder ces trivialités choquantes. Dans son *Saint Christophe*, il se gêne si peu pour employer « les termes de l'argot », que La Monnoye — écrivain peu scrupuleux pourtant — l'en blâme avec sévérité (6). Dans notre Mystère, il ne se montre pas plus réservé. Comment expliquer ces vocables mal sonnants ? Car, il ne faut pas se le dissimuler, c'est dans les meilleures intentions, pour exciter la piété des fidèles et honorer les saints martyrs que cette représentation a lieu : « Ex quibus pluribus non solum causa salutis oriri posset, verum

---

(1) Pp. 622, 625 et 627.

(2) A Vienne, à la Passion jouée en 1510, il y avait neuf trompettes, plusieurs autres instruments, des orgues et des chants (p. 892).

(3) Pp. 202, 474, 498, 500-2, 500 et 528 « Silete d'orgues. »

(4) P. lix-lxxiv.

(5) Cf. entre autres Fréd. LOLIÉE, *La littérature et les mœurs au moyen âge*, dans *Le Contemporain*, 1884, nouv. sér., t. III, p. 677.

(6) Nouv. édit. de la *Biblioth. franç.* de DU VERDIER, t. III, p. 314-5 ; cf. BERRIAT-SAINT-PRIX, dans *Mém. de la soc. des Antiq. de France*, 1823, t. V, pp. 188 et 206-9 (tir. à part, Paris, 1823, in-8°, pp. 28 et 46-9).

etiam ystoria salutaris atque dotrina pietatis aptissima omnibus saltim esse dignoscitur et ad salutiffera invitatur exercicia, » est-il dit dans la Préface (1). Remarquons d'ailleurs avec un écrivain contemporain que, « si la vertu ne change point et si la morale chrétienne condamne toujours les mêmes vices, les hommes se font, suivant les temps, une idée bien différente des convenances extérieures, des bienséances du style et de la pudeur dans le discours. . . . . Il y a des époques et des gens qui bravent l'honnêteté dans les mots en l'observant dans les actions, tout comme on voit des sociétés et et des personnes très pudibondes sans être pudiques (2). »

Gardons-nous d'ailleurs d'outrer le mal. S'il y a beaucoup à redire dans le Mystère des Trois Doms, si trop de scènes sont parsemées de mots de la rue, il est bon d'observer que c'est là le fait presque exclusif des personnages subalternes. Tout à côté — et ceux qui ont écrit sur les mystères ont peut-être trop glissé sur cette observation — on rencontre des formules d'exquise politesse, qui touche même parfois à l'obséquiosité.

                « Le parler a esté courtoys,
            Amyable et savoureux » (v. 10132-3) :
voilà l'idée qui se répète sous mille formes différentes et dans les situations les plus opposées, sur les lèvres des empereurs comme dans la bouche de leurs officiers et de leurs serviteurs, sans excepter les « tyrans » eux-mêmes. Tout ordre est exécuté « diligemment, » tout désir est accueilli « gracieusement » et « de bon cœur ».

Au point de vue littéraire, l'œuvre du chanoine Pra offre quelques passages qui tranchent avec bonheur sur le fond languissant et monotone du drame. On n'y trouve pas de scène irréprochable : mais il en est qui sont heureuses par certains côtés, celles, par exemple, où la femme de l'empereur souffre de voir son fils Géta frustré de toute participation à la couronne (v. 416-41, 1278-312, 8349-81), celles où Séverin, Exupère et Félicien se laissent attendrir à la pensée des trois chrétiens mis à mort en haine de leur foi et ouvrent leur âme aux enseignements de la religion chrétienne (v. 3634-781), celle encore où ils résistent aux douces supplications de leurs parents désolés et se préparent à mourir pour leur Dieu (v. 8811-85). Il y a une gaieté d'assez bon crû dans l'incident du paresseux Baudet qui se sent pris

---

(1) P. 2.
(2) L'abbé MATHIEU, *Un romancier Lorrain du XII° siècle*, dans *Mém. de l'acad. de Stanislas*, 1882, 4° sér., t. XV, p. 204.

soudain d'une martiale ardeur, mais qui ne tarde guère de déposer sa rapière et de revenir à des goûts plus pacifiques (v. 5416-618). Citons aussi la translation tout entière, où le dialogue se dégage de ses longueurs accoutumées et marche droit au but avec aisance. Enfin il est de temps à autres d'heureuses trouvailles d'expressions, qui tranchent agréablement au milieu des banalités qui les entourent. Telle est cette observation d'un buveur :

« Faulte de boire
Vous rand ainsi la langue seiche » (v. 2919-20) ;

la prière de Séverin nouvellement converti :

« Il convient ici que lermoye ;
Doulx Jhesus, veulles nous donner
Cognoyssance de ta montjoye,
Et nostre péché pardonner » (v. 3734-7) ;

ou bien encore ce souhait de bonne nuit :

« La mère de Dieu gracieuse
Vous oultroye bonne nuyctée » (v. 3955-6) ;

ou enfin ces deux vers empreints du sentiment de la nature :

« Sus la verdure, dans le parc de plaisance,
Nous cullerons chascun ung beau boucquet » (v. 7151-2).

Malheureusement le martyre des trois amis — comme aussi celui des trois chrétiens dans la première journée — est décrit avec un raffinement de détails qui engendre une forte dose de dégoût et, de la sorte, un des effets principaux du drame est manqué.

En définitive le Mystère des Trois Doms ne prendra point place parmi les chefs-d'œuvre de l'esprit humain. Tel qu'il est pourtant, avec les défaillances, les longueurs et la pauvreté de style qui le caractérisent, cet ouvrage a dû atteindre son but, qui était d'arracher pour un moment toute une foule au prosaïsme de la vie vulgaire et de la mettre dans un contact plus intime avec les saints qu'elle aimait.

Nous n'hésitons pas à croire que les trois jours de la représentation de notre drame furent de ces jours qui font date dans l'existence d'une cité, et que leur souvenir se transmit avec une impression de joie vive et de patriotique fierté. « En sourtirent tous à honneur et grandissime loange », dit triomphalement le juge Perrier (1). « La noblesse et belle compagnie » de Romans et des environs, qui

(1) P. 592.

suivirent avidement la représentation, ne tarirent pas d'éloges sur le théâtre et les acteurs.

Dans ses Annales — postérieures de quelques années seulement — Aymar du Rivail corrobore notre sentiment sur le bon accueil fait par les Romanais à l'œuvre du chanoine Pra ; il nous apprend en outre qu'il y eut à Romans plusieurs représentations en l'honneur des saints Séverin, Exupère et Félicien (1). Mais est-ce l'œuvre de Pra qui a eu les honneurs de diverses *reprises*, comme on dit aujourd'hui, ou bien de nouvelles pièces ont-elles été composées par des *fatistes* aussi habiles que lui ? Cette dernière supposition paraît invraisemblable : ce n'était pas un mince travail et une petite dépense que la composition d'un mystère en douze mille vers. Les Romanais auront donc fait revivre sur la scène le drame de Pra, et, s'ils ont voulu le jouer à certains intervalles, c'est qu'à chaque fois ces vers, qui nous disent peu de chose aujourd'hui, trouvaient un écho dans leurs âmes et faisaient vibrer leur patriotisme religieux.

VII

En ce monde la poésie se heurte à la prose : à la suite des douces pensées et des radieuses imaginations vient l'austère réalité. On s'était diverti en assistant au Mystère des Trois Doms : il fallut songer à couvrir les dépenses importantes que cette fête avait occasionnées. Nous arrivons donc au détail de la recette des trois journées : ici rien n'est donné au hasard, tout est appuyé sur des chiffres.

Les chambres ou loges furent fixées à trois florins la chambre pour les trois jours. (2). Il y en avait quatre-vingt-quatre fermant à clef, mais on n'en porte en recette que soixante dix-neuf, cinq ayant été cédées gratuitement : une aux Pères Cordeliers, propriétaires du local ; une aux charpentiers, constructeurs du théâtre ; une aux commissaires, dont ils n'usèrent pas et qui resta à louer ; une au peintre François Thévenot, qui la prit à compte « pour loger certains de ses amis » (3) ; une enfin qui fit double emploi : Claude « lo pyner » (le peigneur de chanvre sans doute) les eut toutes deux pour une et pro-

---

(1) Voir le texte reproduit p. 2.

(2) Elles se louaient pour toute la durée de la représentation. A Vienne, à la Passion jouée en 1510, on paya par chambre 4 écus au soleil ou 12 florins pour les huit journées (p. 891) : ce fut par jour à Romans un florin, et un florin et demi à Vienne.

(3) P. 625.

fita de l'erreur (1). — Les soixante-dix-neuf chambres à 3 florins montent à 237 florins. — Le 27 mai, le premier jour de Pentecôte, les échafauds ou gradins furent mis à un demi-sol « par personnage soit grand ou petit » (2): la recette fut de 153 florins 4 gros 1/2 ; le deuxième jour, le 28 mai, toujours à un demi sol par personne, le produit fut un peu moindre, seulement de 130 florins ; le troisième jour, 29 mai, le prix des places maintenu à un demi-sol par tête, on arriva à 160 florins 7 gros 1/4. Le produit total de la représentation des trois jours fut donc de 680 florins 11 gros 3/4 (3).

On peut calculer très approximativement, au moyen de ces chiffres, le nombre des spectateurs qui assistèrent à ces représentations. Celui de l'amphithéâtre ou des gradins est positivement connu, savoir à vingt-quatre personnes par florin : pour le premier jour, 3680 ; pour le deuxième, 3120 ; et pour le troisième, 3847. — Pour les chambres, la base de notre opération est moins assurée ; nous ne savons pas au juste combien elles contenaient de places, mais il est très probable, d'après le prix de trois florins pour les trois jours ou d'un florin par jour, qu'elles devaient en contenir moins de vingt-quatre, autrement on y eût été à meilleur marché qu'à l'amphithéâtre, ce qui ne devait pas être. Ces chambres fermaient à clef, on pouvait y arriver à volonté ; on y était séparé du public et affranchi de la cohue et de la gêne : on doit donc raisonnablement croire que le prix en était plus élevé que celui des gradins. Si ces observations sont justes, il faut compter douze à quatorze places seulement par chambre, ce qui ferait sur les quatre-vingt-quatre toutes occupées, quoiqu'en réalité soixante-dix-neuf seulement aient figuré en argent dans la recette, une moyenne d'environ onze cents personnes. En les ajoutant au chiffre de chaque jour, nous aurons : pour le premier jour 4780 personnes, pour le deuxième 4220 ; pour le troisième 4947, et en tout 13947 spectateurs.

Le produit des trois journées était d'un peu plus de 680 florins. Après la représentation, cette somme fut portée à environ 738 florins, par la vente à l'enchère de différents objets, débris du théâtre et des décorations ; et cette recette fut loin de couvrir la dépense totale, dont voici le chiffre :

(1) P. 623.
(2) Le prix de ces places, réservées à la classe la moins aisée, fut le même (2 liards) à Vienne en 1510 (l. c.)
(3) P. 624.

Payé aux charpentiers le prix fait du théâtre 412 fl. }

Plus, à titre de supplément motivé par un } 442 fl. » s. » d.

surcroît de travail 30

Payé depuis le 14 août 1508 jusqu'au 3 mars 1509 268   11 6

Du 3 mars au 26 mai 1509, veille de la représentation 352 2 7

Du 30 mai au 9 octobre 1509, jour du règlement

définitif 673 10 1

                   Total. . . . . 1737 » 2

A déduire la recette. , ... 738 1 3

Reste à la charge du Chapitre et de la ville . . . 998 10 11

Ainsi le Mystère joué à Romans a coûté dix mois de travail et 1737 florins.

On sera, sans doute, bien aise de connaître la valeur de ces 1737 florins convertis en monnaie actuelle, et de se faire par là une idée de la dépense que représente aujourd'hui cette somme. Comme on peut s'en convaincre par une petite dissertation insérée dans l'Introduction (1), le florin de 1509 valait 12 fr. 73 c. Ainsi, les 1737 fl. 2 d. font un total de 22120 fr. 87 c.

Le chanoine Pra a reçu pour ses

honoraires . . . . 255 fl. » s. » d. soit 3247 fr. 42 c.

  Chevalet . . . . 27 5 9 — 349 95

  Les copistes, le papier compris, 18 3 » — 232 41

  Le théâtre (bois, fer, etc.) a coûté 645 7 » — 8221 51

  Les décorations et machines. . 655 1 5 — 8342 92

  La musique du jeu . . . . 90 » » — 1146 15

  Enfin, les dépenses générales. . 45 7 » — 580 51

      Total égal. . . . 1737 fl. » s. 2 d. — 22120 fr. 87 c.

Même sans admettre les comptes de l'auteur de la dernière *Histoire du théâtre en France* (2), il demeure acquis que le budjet du Mystère des Trois Doms a été considérable. Romans fit grandement les choses et n'hésita pas à payer cher un plaisir toujours apprécié des populations.

(1) « La puissance du numéraire, dit-il (t. I, p. 363-4), étant à peu près dix fois moindre aujourd'hui qu'en 1509, on peut évaluer la dépense à près de cinquante mille francs, la recette à moins de vingt et un mille, et le déficit à près de trente mille. »

(2) P. lxxxiv-vij.

VIII

Avant de nous séparer des trois martyrs, dont le Mystère a retracé les glorieux combats, il nous paraît utile, après les avoir étudiés dans la poésie, de reconstituer brièvement leur place dans l'histoire.

Le chanoine Pra — est-il besoin de le dire ? — n'a pas travaillé en érudit. Il a accepté de confiance les données qui avaient cours à son époque et s'est attaché à les développer telles quelles dans ses vers. Nous avons facilement retrouvé le document qui lui a servi de thème et sur lequel son drame a été calqué presque littéralement. Le *Breviarium ad usum insignis ecclesie collegiate Beati Barnardi de Romanis* de 1518 (1) contient trois offices des saints Séverin, Exupère et Félicien, l'un de leur fête (19 novembre), l'autre de l'octave de cette fête (26 nov.), le troisième de la translation de leurs reliques à Romans (2 octobre) (2).

L'auteur de notre Mystère est en parfait accord avec eux. D'après les légendes du bréviaire de Saint-Barnard, comme d'après le récit poétique de Pra, Séverin, Exupère et Félicien sont trois habitants de la ville de Vienne qui souffrent le martyre durant la persécution de Marc-Aurèle (3). Pendant de longues années, leurs corps restent abandonnés à Brennier. Du temps de saint Paschase, évêque de Vienne, les martyrs apparaissent au diacre Tertius. A la suite de cette révélation, leurs reliques sont transférées en grande cérémonie dans une église du voisinage dédiée à saint Romain. Plus tard Bar-

---

(1) Voir, sur cette rarissime édition, notre *Notice* insérée dans le *Bulletin du bibliophile* (1865, série XVI, p. 395-9) et le rapport cité (p. 6, n. 2) de M. Léop. Delisle, dans la *Biblioth. de l'école des Chartes*, 1881, t. XLII, p. 496-7 (tir. à part, p. 14-6). Elle a été fidèlement réimprimée à Lyon en 1612.

(2) Un bréviaire manuscrit de la même collégiale, écrit en 1481, a été donné par M. Giraud, en même temps que le Compte de la représentation du Mystère, à la bibliothèque nationale, où il occupe le n° 323 nouv. acq. du fonds latin (L. Delisle, rapport cité, dans *Bibl.* cit., p. 499-500 ; t. à p., p. 18). Il offre peu d'intérêt au point de vue historique : seule la fête des trois martyrs possède une légende propre, qui ne correspond même pas aux trois premières leçons de l'octave dans le Bréviaire de 1518.

(3) Les Bollandistes adoptent l'année 177 (date des martyrs de Lyon) ou 178 (*Acta Sanctorum*, maii t. II, éd. Palmé, p. 100ᵃ). Lenain de Tillemont les rapporte simplement au règne de Marc-Aurèle (*Mém. pour l'hist. ecclés.*, t. II, p. 321). M. Hauréau recule leur martyre jusqu'au Vᵉ ou même au VIᵉ siècle (*Gallia Christ. nova*, t. XVI, c. 12).

nard, archevêque de Vienne, les transporte au monastère qu'il vient de fonder à Romans.

Il est impossible de reconstituer, en remontant le cours des âges, la filiation des diverses parties de ce récit, pris dans son intégrité. La source la plus ancienne paraît être le *Martyrologium* qu'Adon termina avant son élévation sur le siège de Vienne (860) : « XIII. Kal. decemb. — Apud Viennam, sanctorum martyrum Severini, Exuperi[i] et Feliciani ; quorum corpora post multa annorum curricula, ipsis revelantibus inventa, et a pontifice urbis, clero et populo honorifice sublata, in basilica Sancti Romani, que jam dicte civitatis parte orientali sita est, condigno honore condita sunt (1). »

Ce morceau est passé en entier dans le *Catalogus sanctorum* composé par Pierre de' Natali en 1372 (2). Usuard l'avait inséré, sauf la phrase relative à l'église de Saint-Romain, dans son Martyrologe (3) rédigé vers 875, et c'est sous cette forme qu'il a pris un caractère officiel dans le *Martyrologium Romanum* de Baronius, promulgué par Grégoire XIII en 1584.

Les diverses éditions de ce texte ne nous apprennent absolument rien sur le temps et les circonstances du martyre des saints Viennois. Nous en avons trouvé les premiers linéaments dans un Catalogue encore inédit des évêques de Vienne, de saint Crescent à saint Avit, lequel occupe toute une page (fol. 323 v°) d'une grande Bible du X° siècle, provenant de la cathédrale de Vienne et aujourd'hui conservée à la bibliothèque de Berne sous le n° 9 (4) : « II. *Nonas* mai. — *Sancti* Iusti Viennensis epi*scopi*. Hic floruit *temporibus* Antonini cognomen*to* pii et Antonini minoris, quo *tem*pore Hyreneus Lugdunensis adhuc pres*byter* habebatur. Huius Iusti *tem*pore fertur *perse*cutio grauissima Xpis*tianorum* in urbe Uienna fuisse, q*uando* multi Xpis*tianorum* martirio coronati sunt : int*er* quos Seuerin*us*, Exuperus et Felician*us*, quor*um* corpora mira reuelatione post modu*m* re-

(1) *Patrol. latina* de Migne, t. CXXIII, c. 397. Cf. le *Chronicon* du même, ætas sexta, ibid., c. 83. — Mentionnons pour mémoire les deux vers consacrés à nos saints par WANDALBERT de Prüm dans son Martyrologe dédié à l'empereur Lothaire en 848 *(Patr. lat.*, t. CXXI, c. 619), et les deux lignes du Martyrologe faussement attribué au vénérable BÈDE (ibid., t. XCIV, c. 1108).

(2) Lib. x, cap. 82 *(Acta Sanctorum* des Bollandistes, maii t. II, p. 100).

(3) *Patrol. latina*, t. CXXIV, c. 711-2.

(4) Ou n° 9 A du *Catalogus codicum Bernensium* de M. Herm. HAGEN (Bernæ, 1875, in-8°, p. 6-8) Cf. *Histoire litt. de la France*, 1885, t. XXIX, p. 450-2, art. de M. Léop. DELISLE, à l'exquise complaisance de qui nous devons une épreuve photographique de ces deux colonnes.

perta *sunt.* Paulo ante et martirium illud clarissimum Lugduni con-
summatum est, quando sanctissimus diaconus Sanctus Viennensis
cum aliis Viennensibus martirio coronatus est. »

Cette notice, rédigée au plus tard à l'époque carlovingienne, a été
textuellement reproduite dans un calendrier historique des archevê-
ques de Vienne, dressé vers la fin du XIe siècle. Copié à Vienne en
1662, par le bollandiste Godefroy Henschenius (1) et en 1677 à Grenoble, dans la bibliothèque de Nicolas Chorier, par le bénédictin
Claude Estiennot (2), il a été publié par nous en 1868, d'après la
copie de ce dernier, sous le titre d'*Hagiologium Viennense* (3).

Nous classerons immédiatement après deux fragments de la vie
de saint Barnard, publiés par Mabillon, d'après un manuscrit d'Ambronay (4). L'illustre bénédictin, qui les devait au même dom Estiennot, n'en assigne malheureusement point la date ; nous n'ose-
rions pas leur accorder une antiquité trop reculée. Ils prouvent cependant qu'on racontait à Ambronay, au moins vers le XIIe siècle,
le martyre de nos saints sous la forme ultérieurement admise de
tous, et c'est là un fait significatif si l'on se rappelle que Barnard
avait été abbé d'Ambronay avant de devenir archevêque de Vienne.

On remarquera que l'évêque Paschase figure pour la première
fois, comme présent à l'invention des trois martyrs, dans le second
fragment, lequel copie d'ailleurs littéralement la notice du ms. de
Berne (5). Cette addition se heurte à une difficulté réelle, si l'on
maintient au commencement du IVe siècle l'épiscopat de Paschase :
comment aurait-on déjà dédié une église à saint Romain, qui venait
à peine (en 303) de souffrir le martyre à Antioche ?

Touchant la translation des reliques des trois martyrs à Romans,
nous possédons un texte important du IXe siècle : c'est un diplôme
émané de l'empereur Lothaire (30 déc. 842 ?), à la demande d'Agil-
mar, successeur immédiat de Barnard sur le siège de Vienne (6).
Lothaire rapporte que Barnard avait exhumé les corps des saints
Séverin, Exupère et Félicien, qui gisaient abandonnés dans un lieu
peu convenable, au quartier de Brennier (ou des Brosses), dans un

---

(1) Cf. *Acta Sanctorum*, maii t. II, p. 99 b.
(2) Bibl. nation. de Paris, ms. lat. 12768, p. 131.
(3) *Documents inédits relatifs au Dauphiné*, t. II, 5e livr., p. 5-6.
(4) *Acta sanctorum ordinis S. Benedicti*, 1680, sæc. IV, pars II, p. 563-6.
(5) P. 566.
(6) Cf. *Documents inédits relatif au Dauphiné*, t. II, 5e livr., p. 25, n. 11.

faubourg de la ville de Vienne (nommé Pont-Evêque), et qu'il les avait transférés au monastère récemment fondé par lui à Romans.

La châsse qui renfermait les reliques fut mise à la place d'honneur dans le sanctuaire même. Là se lisait, comme nous l'apprend le second fragment de la vie de saint Barnard édité par Mabillon, sur les marbres de l'arcade tumulaire l'inscription commémorative suivante, dès longtemps disparue (1) :

Martyribvs reverenda tribvs haec fvlgvrat avla,
Qvorvm caelesti servantvr nomina libro.
Hi Domini ob nomen felici sorte perempti,
Vrbe Viennensi aethereas svmpsere coronas.
Inde hvc translati post longi temporis annos,
Praesentem inlvstrant meritis vivacibvs aulam
Conspicvo in templo, praefatae qvod pivs vrbis
Condidit antistes, tantoqve in honore beavit.
Seqve piis svpplex tradens in saecla patronis,
Hic vita excessit, hic sacris conditvr arvis.
Qvem sine fine tegens foveat miseratio Christi.
Nomina sanctorvm cvpiens cognoscere, lector,
Scito Severinvm, Exsvperivm ac Felicianvm,
Avctoris nomen commendant scripta sepvlchri.

M. de Terrebasse conjecture avec beaucoup de vraisemblance que cette pièce a été composée vers le milieu du IXᵉ siècle. « Non seulement, dit-il, elle est antérieure à la canonisation de Barnard, mais elle sort évidemment de la plume d'un contemporain, initié à tous les secrets de sa vie et à toutes les agitations de sa conscience. Il n'y est pas question d'un saint, mais d'un prélat se mettant en suppliant sous le patronage de trois illustres martyrs, à côté desquels ses miracles futurs et la vénération des fidèles ne devaient le placer qu'un siècle plus tard. » L'érudit dauphinois se demande ensuite quel est l'auteur de ces vers, et il n'hésite pas à les attribuer à Florus, diacre de l'église de Lyon.

(1) La plus ancienne copie se trouve dans le manuscrit lat. 2832, de la Biblioth. nation. (IXᵉ siècle). Elle est imprimée dans : *Breviarium eccl. coll. Bᵗ Barnardi de Romanis*, 1518, fᵒ cccxcv vᵒb (3ᵉ leçon dans l'octave de la fête de sᵗ Barnard); 2ᵉ édition du même, Lugduni, 12 avril 1612, fᵒ 568 rᵒ; Duchesne, *Hist. Franc. script.*, 1636, t. I, p. 513-4 ; Mabillon, *Acta ss. ord. S. Bened.*, 1680, t. IV, p. II, p. 566 ; Bouquet, *Rec. d. hist. des Gaules*, 1739, t. II, p. 532; Collombet, *Hist. de l'égl. de Vienne*, 1847, t. I, p. 45 ; A. de Terrebasse, *Epitaphe des trois martyrs...*, Vienne, s. d., in-8ᵒ, p. 1 ; le même, *Inscriptions de Vienne*, 1875, 2ᵉ part., t. I, p. 1-2 ; cf. du même, *Opuscules*, 1880, p. 193-207 ; Rud. Peiper, *Aviti opera (Mon. Germ. hist.*, auct. antiquiss. t. VI, pars II), 1883, p. 184.

Cependant autour de l'abbaye ne tarda pas à se former un village, un bourg, puis une ville, qui grandit dans le culte de ses glorieux patrons. Nous en trouvons un intéressant témoignage, dès avant 1119, dans l'homélie de Guy de Bourgogne (plus tard Calixte II) qui forme les leçons de l'office de la translation de nos saints. Que sont devenus les nombreux récits auxquels il est fait allusion dans la première leçon de l'octave de leur fête et qui retraçaient leurs héroïques combats (1)? Leur trace nous est perdue. Mais un monument incomparablement expressif du culte qu'on rendait aux trois *doms*, c'est ce Mystère que nous livrons au jour et que, nous l'avons vu, on jouait périodiquement. En « mettant sus et ordonnant » (2) un Mystère qui retraçât leur martyre, la cité romanaise reconnaissante s'acquittait de l'acte le plus solennel que l'on connût alors d'une naïve vénération. « En la fin dudit mystère, dit en terminant messire Perrier, furent retournées les châsses des dits corps saints et chefs à ladite église en procession générale, qui là avoient été durant ledit mystère, avec gros cierges, en chantant *Te Deum laudamus* (3). »

Hélas ! un jour vint où cette pieuse habitude de porter triomphalement en procession les reliques des trois saints dut mettre au cœur des Romanais un regret amer. Le 23 janvier 1524, fête de saint Barnard, la procession accoutumée eut lieu. Quatre jeunes gens portaient la triple châsse (*triarcham*) (4) qui renfermait les restes des martyrs. Tout à coup, dans la rue Saunerie, entre les maisons du chanoine François Odde et de noble Guillaume Tardivon, disent les livres capitulaires (5) qui n'oublient aucun détail, les jeunes gens, non par malice, mais à bout de forces, laissent tomber à terre leur précieux fardeau, qui se brise en deux parties. Les reliques de la châsse du milieu sont répandues sur le sol, au grand scandale du

(1) « Victorias martyrum et agones feliciter consummatos multi litteris mandaverunt » (p. xc).

(2) P. 591.

(3) P. 592. M. Petit de Julleville conjecture à tort « que les reliques des saints ne furent pas apportées au théâtre » (t. II, p. 96). On peut voir (p. 856) qu'à la représentation du Mystère des saints Félix, Fortunat et Achillée (en 1500) les Valentinois prièrent le clergé d'apporter leur châsse sur la scène, « pro majori reverentia et honore debitis dictis tribus sanctis martyribus. »

(4) Faut-il la reconnaître dans cet article de l'inventaire du trésor de l'église de St-Barnard à la fin du XIIIᵉ siècle : « Tria vasa cristallina... ; in omnibus hiis continentur relique » (*Cartulaire*, fᵒ 185 vᵒ ; Giraud, *Essai*, 2ᵉ p., t. II, p. 110 bis) ?

(5) P. 817-8.

clergé et de tout le peuple, et il s'en dégage comme un nuage de poussière. On recueille en toute hâte ces saints débris. Le mardi suivant, 26 janvier (1), on se dirige processionnellement vers le lieu du désastre. Les quatres jeunes gens tiennent chacun à la main, pour réparer leur faute involontaire, un cierge de quatre livres. Enfin le jeudi, 24 mars, on dépose ce qu'il reste des reliques des trois *doms* derrière le grand autel de l'église collégiale, sous la châsse de saint Barnard.

Des jours plus désastreux se levèrent bientôt pour Romans et les reliques de ses saints : nous voulons parler des guerres dites de religion. Des dépositions recueillies postérieurement de divers témoins, il résulte qu' « au dessus du grand autel de marbre étoyent trois chasses couvertes d'argent, appelées l'une de Saint Barnard, l'autre des Trois Doms et l'autre de Saint Anitor ; lesquelles, ajoute l'un d'eux, il a vu plusieurs fois descendre, monter et porter (2). » Pris en garde par les consuls, le 4 mai 1562, sur l'injonction du seigneur de Triors, Ennemond Odde, les joyaux et reliquaires de St-Barnard furent remis, le 12 juin suivant, à André de Morges, commissaire du baron des Adrets, et disparurent à tout jamais (3).

De Romans la dévotion envers les protecteurs de cette ville rayonnait sur toute la province du Dauphiné. Vienne surtout était fière de leur avoir donné le jour, et elle leur vouait un culte imprégné d'une spéciale confiance (4). Une preuve qu'au XVIIIe siècle encore Séverin, Exupère et Félicien n'y avaient pas été oubliés, se lit dans Charvet : « On croit, dit le docte archidiacre (5), que la maison des SS. Martyrs étoit dans le quartier de S. Martin de Vienne, sur les bords de la Gère, près d'un carrefour qu'on appelle vulgairement la pierre du Bacon. Le Clergé de l'Eglise Cathédrale y fait une station le second jour des Rogations, dans laquelle il chante les grandes litanies des

(1) Le ms. porte certainement par erreur « vigesima secunda januarii. »

(2) « Informations prises par Antoine Guerin, lieutenant partic. au siege de Romans » (3 janv. 1564).

(3) « Registre des assemblées, deliberations et conclusions de la ville de Romans » 1556-62, fos 261 et 274 vo.

(4) Des reliques de saint Séverin et de saint Exupère — non de saint Félicien — se trouvent à l'église Saint-Maurice de Vienne (ancienne cathédrale), dans le reliquaire en bois doré qui orne la partie droite de l'autel de Saint-Mamert (Cf. *Recherches sur les précieuses reliques vénérées dans la sainte Eglise de Vienne*, par le curé de Saint-Maurice [Robin]; Vienne, 1876, gr. in-8°, p. 129-30).

(5) *Histoire de la sainte Eglise de Vienne*, 1761, p. 48.

Saints. Le propriétaire, ou celui qui habite la maison, prépare trois couronnes, dont deux sont attachées aux chandeliers des Acolytes, et la troisième au haut de la Croix. Anciennement on faisoit aussi le second jour des Rogations une station à l'Eglise de S. Romain *(Ordo Eccl. S. Mauritii Vienn.)*, et cette pieuse coutume n'a cessé que depuis 1562, tems auquel les Calvinistes la ruinèrent pour la seconde fois ; car elle l'avoit été déjà par les Sarrasins sous le pontificat de S. Austrobert. Il en reste encore quelques masures. »

Les églises de Valence, Die, Grenoble et Viviers s'étaient de bonne heure unies à celle de Vienne dans un culte commun de nos trois Martyrs (1). Par lettre pastorale du 18 août 1782, l'archevêque Jean-Georges Lefranc de Pompignan promulgua, avec le gré de ses suffragants, un nouveau bréviaire pour toute la province ecclésiastique de Vienne (2). Il parut l'année suivante : l'office des trois *doms* y était maintenu à son ancienne date, la légende réduite à une leçon comme dans le bréviaire d'Henri de Villars (1678). La liturgie viennoise a disparu dans le retour à celle de Rome et avec elle, dans le diocèse de Valence auquel appartient la ville de Romans, en 1852 l'office de Séverin, Exupère et Félicien. Mais un nouvel *Officia propria diœcesis Valentinensis*, approuvé par la S. Congrégation des Rites en 1884, les a rétablis (à la date du 28 nov.), avec une légende en trois leçons et des hymnes, qui n'ont, hélas ! rien de particulier, car la 1re est de Coffin et les deux autres sont de Santeul. Le culte de nos saints martyrs n'est donc pas près de s'éteindre, pas plus que le souvenir de leur mort glorieuse et de leurs bienfaits.

(1) Nous les trouvons plus anciennement, à la date invariable du 19 novembre : dans un Coutumier de Valence de l'an 1355 environ (voir *Bulletin*, t. VII, p. 178), dans un Missel de la même église, manuscrit de 1451 donné par Guillaume bâtard de Poitiers, seigneur de Barry et de Soyans, à la chapelle de « Seint Andrieu » de la cathédrale (ibid., p. 184), et dans l'édition de 1504 (ib., p. 188) ; à Die, dans un superbe Missel ms., écrit par le sacristain Etienne Chypre en 1305 (biblioth. du Grand-Sémin. de Romans), et dans les Bréviaire et Missel imprimés en 1498 et 1499 par ordre de Jean d'Epinay ; à Grenoble, dans les deux éditions du Missel (1497 et 1532) ; à Viviers enfin, dans le Missel de 1527. Que leur culte s'étendît à tout le diocèse de Vienne, un Missel de Saint-Sauveur-en-Rue (Loire), de 1450 environ (cabinet de M. Chaper), nous en est la preuve.

(2) Sont exceptés les diocèses de Maurienne et de Genève, situés hors de la France.

DOCUMENTS

RELATIFS

AUX REPRÉSENTATIONS THÉATRALES

EN DAUPHINÉ

de 1484 à 1535.

DIE

Archives de la ville de Die, registre 1 (conclusions) de la série BB.

A 1

Sabbati, ix aprilis (*1484*).

PRO LUDO PASSIONIS. — Item pariter juxta alias conclusa, videlicet conclusio novissime scripta, coucluserunt quod dentur quinque floreni lusoribus qui ludent Passionem, tam in festo Ramis Palmarum quam in die Veneris sancta, in adjutorium chaffaldorum et aliarum expensarum que fient in dicto ludo per ipsos lusores et eos qui conducunt dictum ludum.

B 2

Mercurii, nona augusti (*1486*).

Et fuit ibidem conclusum quod dentur lusoribus, qui intendunt ludere quandam moralitatem diebus Assumptionis beate Marie Virginis et beati Rochi, v florenos, in adjutorium chaffaldorum et aliarum expensarum que fient.

C 3

Mercurii, viii maii (*1493*).

Item, dicta die mercurii viii mensis maii, fuit conclusum per dictos dominos sindicos cum certis suis consiñariis, quod dentur lusoribus qui facient ludum in platea et quandam moralitatem vocatam *lo poble comun,* tam pro acommodando plateam quam in adjutorium chaffaldorum et pro aliis expensis, videlicet ii florenos.

1. *Fo 3 vo.* — 2. *Fo 28 vo.* — 3. *Fo 134.*

GRENOBLE

Archives de la ville de Grenoble, registres de la série BB, obligeamment communiqués par M. l'archiviste A. Prudhomme.

A [1]

DE ADVENTU ILLUSTRIS DOMINI JOHANNIS, COMICTIS DE FUXO ET DE STAMPIS, VICE COMICTIS ET DOMINI NARBONE, GUBERNATORIS DALPHINATUS [2].

Veneris xxiiij mensis novembris *(1497)*, ad vocem cride et tube fuit cridatum more solito, quod omnes capud domus facientes se habeant comparere in conventu fratrum Minorum Gracionopolis, cum consulibus modernis, pro negociis dicte civitatis tractandis.

Et comparuerunt . . . .

Et primo, super receptione et preparatoria fienda in hac civitate Gracionopolis, pro adventu dicti dom' gubernatoris presentis patrie Dalphinalis, domini de Fuxo, vice comictis Narbone, quomodo et qualiter se habere debent dicti consules, et que preparatoria facere debent et quod donum.

Super quibus, quia non erat sufficiens numerus, nichil fuit conclusum, nisi quod consules predicti notifficent dominis ecclesiasticis, quod bona hora faciant eorum preparaciones et debitum pro faciendo ystorias in adventu ipsius dom' gubernatoris.

Sabbati xxv mensis novembris, in appotheca honorabilis viri Petri Rogerii, in stagno Mali Consilii, fuerunt congregati . . . . . pro negociis dicte civitatis tractandis . . . .

Et primo, super receptione et preparatoria fienda in hac civitate pro adventu illustri(s) dom' Johannis de Fuxo, gubernatoris presentis patrie Dalphinalis, quomodo et qualiter debent se habere dicti consules, et que preparatoria facere debent et quod donum.

Super quibus, quesitis voci(bu)s et oppinionibus singulorum superius examinatorum, fuit conclusum quod in ejus adventu parentur et ornentur carrerie hujus civitatis de super et a quolibet latere, et fiant eschaffalia, et notifficetur dominis ecclesiasticis quod faciant eorum debitum circa ystorias ; et quod flat ejus receptio magis honorabilis que fieri poterit, cum ipse dom. gubernator sit de sanguine regali domini nostri regis dalphini.

Et quoad donum, fuit conclusum quod dentur eidem species sive aromatica cum facibus ad baculum, more solito, . . . et alias prout factum

---

1. Manuale deliberacionum et conclusionum civitatis Gracionopolis, anni Domini mill'i IIIJ^c nonagesimi septimi... *(BB. 2), f° 47-52.*
2. *Jean, fils de Gaston IV comte de Foix, vicomte de Narbonne en 1468, comte d'Étampes en 1478, gouverneur du Dauphiné en 1497, fit son entrée à Grenoble le dimanche 10 décembre et mourut à Étampes en novembre 1500.*

extitit in'receptione facta domino Breysie, condam gubernatoris patrie Dalphinalis 1.

Et faciant dicti consules fieri unum superpallium pulcrum et honestum, quem sibi presentabunt dicti consules post presentacionem clavium dicte civitatis in porta Perrerie, et eundem dom. gubernatorem requirant ut eidem placeat jurare observare libertates civitatis predicte Gracionopolis . . . . .

Dominico xxvj mensis novembris, in conventu fratrum Minorum Gracionopolis, in magna aula fratris Johannis Laurentii, vicarii dicti conventus, continuando de adventu dom¹ gubernatoris Dalphinatus, qui de proximo est venturus, prout licteraliter scripserunt spectabiles dom¹ Johannes Rabocti² et Benedictus Varcie,consiliarii et advocati dalphinales, congregati dicti consules et cum eisdem inferius nominati.

Et primo, honorabiles et egregii viri Syboudus de Prato, canonicus ecclesie cathedralis Beate Marie Gracionopolis, Johannes Gauteronis, Johannes Eyberti, Johannes le Cornu, canonici ecclesie cathedralis Beate Marie Gracionopolis, frater Raphael Rosseti, Glaudius Boverii, prior et procurator conventus fratrum Predicatorum Gracionopolis,..., Johannes Laurentii, gardianus et vicarius dicti conventus fratrum Minorum Gracionopolis, reverendus frater Johannes Anthonius, sacre theologie magister, preceptor preceptorie Sancti Anthonii Gracionopolis, ..., Johannes Boerii pictor et ejus filius ....

Coram quibus fuit lecta dicta lictera missiva et... dicti consules... notifficaverunt deliberacionem erina die... factam de et super dicto adventu, et quod ultra deliberata dicta die herina erat neccesse quod daretur ordo super facto dicti adventus et ystoriis fiendis, ex eo quod fuit conclusum quod fieret receptio ut fuit facta domino Breyssie in suo primo adventu; in qua fuerunt facte ystorie in locis fieri solitis in dicta civitate. Qui consules, juxta conclusa per civitatem per modum consilii, notifficaverunt dominis curie venerabilis Parlamenti : qui domini laudaverunt quod ipsi consules faciant prout conclusum extitit ; et ulterius concluserunt quod ipsi consules mictant aliquem hominem ad dictos dom. Johannem Rabocti et Benedictum Varcie, consiliarios dalphinales, ad sciendum diem qua civitatem intraverit, ut preparatoria possint fieri in ejus adventu.

Quesitis oppinionibus, fuit dictum et conclusum quod dicti consules et consilium et astantes, qui erina die fuerunt congregati pro dicto jocundo adventu, notabiliter concluserunt ; et quod omnia conclusa per ipsos faciant, et quod.. mandent... et .. scribant..., et quod dicta receptio fiat magis honorabilis que fieri poterit,-cum ipse dom. gubernator sit de sanguine domini nostri regis dalphini.

---

1. *Philippe, fils de Louis I°ᵉ duc de Savoie comte de Baugé et seigneur de Bresse, fut nommé au gouvernement du Dauphiné le 14 févr. 1484 et eut pour successeur Jacques de Miolans le 30 oct. 1491; il devint duc de Savoie en 1496 et mourut l'année suivante.*

2. *Voir* Répertoire des sources historiques du moyen âge, *I, 1894.*

Et, facta dicta deliberacionc, dicti consules requisierunt dominos ecclesiasticos, videlicet tam dom. canonicos ecclesiarum Beate Marie Gracionopolis (et) Sancti Andree, quam priorem conventus fratrum Predicatorum, ut eisdem placeat facere in dicto adventu dicti dom[i] gubernatoris ystorias per eosdem fieri solitas, et in locis in quibus fuit assueti facere. Qui dom[i] ecclesiastici eisdem consulibus responderunt, quod erant presto et parati facere in eodem adventu omnia possibilia, et quod se disponerent pro faciendo ystorias, dum modo quod consules eisdem dominis duos aut tres homines, qui habeant assistere cum eisdem dom. ecclesiasticis et eisdem ministrare aut ministrari facere de rebus ex ornamentis ac jocalibus, et aliis neccessariis pro dictis ystoriis fiendis.

Et facta et audita responsione per eosdem dom. ecclesiasticos, fuit conclusum quod dicti consules dicto gardiano et priori fratrum Minorum (et) Predicatorum res et jocalia, personagia ac ornamenta eisdem neccessaria pro dictis ystoriis fiendis ministrare habeant. Et fuerunt electi ad hoc faciendum, videlicet nobiles Franciscus Moteti, Anthonius Mescaderii notarius, Johannes Boneti, notarius, secretarius dalphinalis, pro fratribus Minoribus ; et nobiles Glaudius Vallerii, Glaudius Servonis, secretarius dalphinalis, et magister Petrus Marelli, pro fratribus Predicatoribus ; quibus dederunt omnimodam potestatem faciendi que in premissis erunt fienda.

Et ulterius fuit conclusum, quod civitas mictat unum hominem ad oviam dicti dom[i] gubernatoris, ad sciendum diem qua civitatem intraverit, et quod scribant dicti consules dnis Johanni Rabocti et Benedicto Varcie, qui sunt cum eodem dom[o] gubernatore, et quod scribere placeat dictis consulibus die(m) qua intrabit dictus dom. gubernator dictam civitatem.

Receptio illustris domini Gubernatoris Dalphinatus predicti, facta per consules et alios burgenses et cives dicte civitatis, insequendo conclusiones factas super hoc precedentes, et qualiter juravit observare libertates hujus civitatis.

Die dominico decima mensis decembris, hora secunda post merediem, illustris et manifficus dominus Johannes de Fuxo, gubernator Dalphinatus, venit ad hanc civitatem Gracionopolis, pro accipiendo possessionem, cum magna nobilium societate et comictiva, in qua erant duo domini epicopi de partibus suis, dom[s] abbas Sancti Anthonii de Viennesio [1], dominus Sancti Valerii [2], dominus Cassenatici [3], dominus de Molario et Urratici [4], et alii multi domini et nobiles dicte patrie, qui de suo ordinario ducebat ducen-

---

1. *Théodore Mitte de Saint-Chamond, élu abbé de Saint-Antoine le 25 févr. 1549, mort à Nancy le 28 déc. 1527.*
2. *Guillaume de Poitiers, seigneur de Clérieu, Saint-Vallier, etc. (dès 1470), ambassadeur de Charles VIII à Naples en 1496, mort à Lyon le 2 mai 1503.*
3. *Louis, baron de Sassenage en 1490, mort en 1521.*
4. *Soffrey Alleman, seigneur du Molard et baron d'Uriage, qui devint lieutenant-général du gouverneur le 20 mai 1505.*

tum equos ; et yverunt ad obviam ejusdem magniffici domini curie Parlamenti Dalphinatus et eciam auditores Camere computorum Dalphinatus, et quam plus alii nos associantes usque quasi prope Sanctum Robertum, quoniam veniebat a parte portus Ruppis.

Item venerunt postmodum ad obviam ejusdem nobilis Guioctus Bouberii, abbas abbassie Mali Regiminis 1, inductus veste seu habitu seu 2 abbassie, equos, cum_monachis dicte abbassie, inductis vestibus seu cappis panni viridis.

Item pariter postmodum venerunt ad obviam consules dicte civitatis Gracionopolis, excepto Johanne Cassini, qui erat absens a dicta civitate, eques, associati quam pluribus nobilibus civibus dicte civitatis, cum egregio viro dom* Anthonio Giroudi dicte civitatis, qui, obviando ipsi dom* gubernatori extra. portam Ruppis, fecit arengam, in qua notabiliter se habuit, in qua sibi presentavit corpus et bona dicte civitatis.

Item pariter venerunt ad obviam reverendus dom* Anthonius de Appiniaco, episcopus et decanus ecclesie cathedralis Beate Marie Gracionopolis 3, secum juncto dominis canonicis et aliis presbiteris ecclesiarum Beate Marie Gracionopolis, Sanctorum Andree, Johannis et Laurentii, necnon fratribus religiosis conventuum Minorum et Predicatorum dicte civitatis, indutis chappis et aliis ornamentis honorificis ecclesiasticis, usque foris portam Perrerie dicte civitatis, et quem dom. gubernatorem ibidem expectaverunt.

Item, applicato ipso dom* gubernatore prope dictam portam Pererie, ante domum Petri Oudenoudi, cum sua nobili commictiva, idem dominus Adurensis eidem dom* gubernatori presentavit parvam crucem dicte ecclesie Beate Marie Gracionopolis, quam ipse in manibus suis tenebat, ad obsculandum, et quam crucem obsculatus est reverenter, remoto boneto; et obsculata cruce, dicti consules per organum dicti dom¹ Anthonii de Appiniaco episcopi jamdicti, requisierunt et rogaverunt eumdem dom. gubernatorem, insecquendo laudabilem consuetudinem acthenus per alios dom. gubernatores, quathinus dignaretur libertates, franchisias et imunitates dicte hujus civitatis jurare, servare et adimplere illesos, burgensesque, cives et habitatores dicte civitatis (prote)gere, custodire et ampa-

---

1. *Voir, sur cette confrérie joyeuse, deux articles de M. Gust.* Vallier, Le poète Jean Millet et l'abbaye de Bongouvert (Bull. de l'acad. Delphin., *1869, 3° sér., t. IV, p. 41-71, 2 planch.)* et La grande abbaye de Dauphiné (Rev. du Dauphiné et du Vivarais, *1879, t. III, p. 420-3⁰, fig.); l'auteur n'a pas connu ce document relatif à l'existence de l'abbaye de* Maugouvert à Grenoble à la fin du XV° siècle.

2. *Lire :* sue.

3. *Originaire de Montbonnot, Antoine d'Alpinac* (Alpiniato, Apiniaco, Appiniaco) *fut prieur de St-Laurent à Grenoble, protonotaire apostolique, doyen de Notre-Dame à Grenoble dès 1484 et en même temps évêque d'Aire* (Adurensi) *; on ne saurait douter que les deux Antoine, mentionnés par le* Gallia Christiana (*t. I, c.* 1164-5), *ne soient le même personnage, à qui Bernard III d'Abadie et Bernard IV d'Amboise disputèrent le siège d'Aire ; Antoine d'Alpinac serait mort en* 1516.

rare, juxta et secundum tenorem ipsarum libertatum, eidem obstendo librum appertum in pergameno descriptum ; et qui quidem dom. gubernator, audita requisicione facta per dom. consules nomine tocius universitatis, humiliter et benigne cum manu obxtra 1, ad sancta Dei Euvangelia, ut et tanquam gubernator Dalphinatus, juravit protegere, custodire, amparare et deffendere burgenses, cives et habitantes hujus civitatis, et eorum libertates servare illesas et adimplere. De quibus . . . .

Deinde, premissis peractis, dicti consules eidem dom· gubernatori presentaverunt superpallium, quod ante ipsum tenebant : tamen subtus intrare noluit, sed jubsit ipsum portare coram ipso per nobilem Zacariam Menonis, Petrum Foucherencii, Petrum 2 de Alphasis, consules jamdicti, et Georgium Murgueti notarium, receptorem dicte civitatis ; et ipse sequebatur nos per distentiam quatuor theysiarum retro et extra superpallium. Acta fuerunt premissa ubi supra, presentibus ibidem reverendo domino abbate Sancti Anthonii Viennensis, nobilibus, egregiis ac spectabilibus viris dom. Johanne Palmerii, milite, presidente 3, Johanne Rabocti, Poncio Poncii, Henrico Gauteronis, Anthonio Muleti, Karollo Karolli, consiliariis dalphinalibus, Johanne de Comeriis, Hugone Ourandi, canonicis ecclesie cathedralis Beate Marie Gracionopolis, ac (Guillelmo) de Pictavia, domino Sancti Valerii, Ludovico de Cassenatico, domino dicti loci Cassenatici, dom· Anthonio Giroudi, legum doctore, et pluribus aliis tam nobilibus, ecclesiasticis, civibus quam testibus ad premissa astantibus.

B 4

Veneris xiij mensis aprilis 1515, consilio civitatis congregato in reffectorio fratrum Minorum Gracionopolis. . . . 5

Pro d. gubernatore. — Propositum quod dom. gubernator 6 debet venire pro statibus Gracionopoli tenendis xv maii proxima, ideo si fiet eidem venuta.

Conclusum sibi fieri venutam et dari ad modum datum et quod factum fuit dom· olim gubernatori Johanni de Fuxo, fierique istorias et alia que per dnos consules videbuntur fienda, quibus commictitur.

Introitus dom. gubernatoris 7. — Notandum quod dominus gubernator primum suum introitum fecit Gracionopolim xj maii Vᶜ XV, in quo plura facta fuerunt, ut constat processu verbali super hoc facto, quare hic non scribuntur 8.

---

1. *Lire* : dextera.
2. *Lire* : Aymarum.
3. *Jean Palmier fut président du parlement de Grenoble de 1483 à 1500.*
4. *Reg. BB. 3. —* 5. *Fᵒ clxxxvj.*
6. *Louis I d'Orléans, marquis de Rothelin, fut nommé gouverneur du Dauphiné le 26 oct. 1514, devint duc de Longueville le 23 mai 1515 et mourut le 1ᵉʳ août de l'année suivante.*
7. *Fᵒ clxxxxj.*
8. *Malheureusement pour nos annales Dauphinoises, ce procès-verbal, non plus que ceux des entrées qui suivent ne s'est pas conservé (voir l'*Inventaire-sommaire des archives municipales de Grenoble).

Lune xɪ jugnii Vᵒ XVᵗᵒ, in turri Insule Gracionopolis consilio particu-
lari congregato 1.

PRO VENUTA DOMᵉ GUBERNATRICIS. — Propositum quod domina gubernatrix, uxor magniffici domini ducis Longueville, gubernatoris 2, est de
proximo ventura in hac civitate, quare petitur si fieri debeat venuta sibi,
que et quomodo.

Oppinatum particulariter et conclusum, quod sibi fiat venuta et dari
per civitatem, quemadmodum factum fuit suo marito predicto, et ystorias
fieri et alia neccessaria circa hec, excepto palio, super quo advideatur si
portari debeat.

Et data potestas dnis consulibus eligendi expertos pro premissis, ac
distribui pecunias civitatis et alia, prout eis videbitur faciendum, pro ipsa
venuta et dependenciis ejusdem......

Die xix jugnii 1515 3.

INTRATA DOMINE GUBERNATRICIS. — Eadem die, fecit domᵃ gubernatrix
Gracionopoli sua(m) prima(m) intrata(m), in qua plura fuerunt facta, ut
vide in venuta ejusdem, in archa turris existente cum venutis principum.

Veneris xxɪɪ jugnii 1515 4.

PRO VENUTA REGIS. — Propositum quod rex dalphinus dominus noster 5 est de proximo venturus Gracionopolim, ideo opportet sibi facere
venutam et donum : igitur quid faciendum.

Ibidem cum domᵉ canonico de Prato preventa fuerunt plura advisamenta, tandem conclusum vocari consilium generale ad martis proximam
voce tube ; quo interim notifficetur receptori quod afferat sua computa,
et dnum canonicum de Prato advideat quid erit faciendum pro venuta.

Martis xxvɪ jugnii millesimo Vᵒ XVᵗᵒ, consilio civitatis congregato in
reffectorio fratrum Minorum Gracionopolis voce tube 6.

PRO VENUTA REGIS. — Propositum ... pro venuta regia quid erit faciendum et ...

Oppinatum et unanimes conclusum sibi fieri venutam cum meliori
modo quo erit possibile. ...

Veneris xxɪx jugnii 1515, in dicto reffectorio fratrum Minorum consilio
voce tube congregato 7.

PRO ADVENTU ET DONO REGI. — Conclusum pariter quod conclusio prece-
dens, facta pro venuta regia, suum sortiatur effectum.

1. Fᵒ clxxxxiiij.
2. Jeanne de Hochberg, qui apporta en dot à Louis d'Orléans le comté de
Neufchâtel (1504) et mourut en 1543.
3. Fᵒ clxxxxvij. — 4. Fᵒ clxxxxviij.
5. François Iᵉʳ, sacré à Reims le 25 janvier précédent. Son expédition
contre le Milanais l'empêcha de donner suite à ce voyage, qu'il réalisa l'année suivante, le 23 juin.
6. Fᵒ clxxxxix. — 7. Fᵒ ccj vᵒ.

In turri Insule Gracionopolis consilio congregato, quo fuerunt die viij ullii Mo Vc XVto 1.

PRO DOMINO BOURBONI. — Propositum quod dominus Bourboni 2 est venturus de .proximo : quid faciendum.

Conclusum quod sibi vadatur obviam, et fient excusaciones civitatis per dominum de Fonte, recusante et excusante dom° Feysani, et sibi detur vinum.

Die xv jullii M•V•XV¹°, in turri Insule consilio congregato.

PRO VENUTA DOMINI DE BOURBON. — Propositum per dnum primum consulem, quod fuit advisatus per dominos Parlamenti quod dominus Bourboni intrabit in hac civitate hinc ad martis proximam ; et quia eidem domino, tamquam conetable Francie, fuit sibi facta venuta in locis Lugduni et aliis ubique, et quia est viceregens Francie et habet omnimodam potestatem in armata et pluribus aliis causis, non obstantibus aliis conclusionibus pridem factis, domini Parlamenti consulunt fieri venutam : igitur quid fiendum.

Conclusum fieri venutam, ad modum domi gubernatoris ultimo factum fuit, dicto domino Bourboni, et tendantur rue, portetur palium et vadatur obviam, recomandetur civitas et dentur sibi duodecim somate vini boni, commictendo dnis consulibus et canonico de Prato.

Die xxiiij jullii 3.

VENUTA D. DUCIS BOURBONI. — Intravit Gracionopolim dominus Bourboni, cum maximo excerscitu societatis et dominorum, cui fuerunt obviam domini Parlamenti, inde dni consules et burgenses ; fuerunt facte ystorie et alias, prout in processu verbali super hoc facto continetur, existente in turri Insule.

Veneris xxvij mensis jullii V« XV°, in turri Insule Gracionopolis vocato consilio civitatis 4.

PRO VENUTA REGIS. — Propositum quod nulle mulieres nec filie volunt ludere super chaffalibus pro venuta regis : ideo quid faciendum.

Conclusum quod dni Chantarelli, Martini, Joffredi, Galliffeti, Cocti,F. Burgondionis,Darbionis et Fontane vadant hostiatim ad patres et matres, seu viros mulierum et filiarum, et ipsas cum altero consulum requirant quathenus eas ludere faciant, juxta ordinacionem dom¹ canonici de Prato.

C⁵

Veneris, nona maii V« XVJ (1516), in curte turris Insule Gracionopoli consilio congregato, quo fuerunt.... 6

1. F° ccx.
2. *Charles, duc de Bourbon en 1505, pair de France en 1508, connétable le 12 janv. 1515, tué au siège de Rome le 6 mai 1527.*
3. F« IJ° xiij. — 4. F° ccxiiij.
5. Liber negotiorum et conclusionum civitatis Gracionopolis, anni millesimi quingentesimi decimi sexti.... (BB. 4). — 6. F°1 v°.

Pro venuta regine. — In predicto consilio propositum, quod regina Francie 1 est ventura Gracionopolim de proximo, qui rex dominus noster est accessurus in villa Chamberiaci, ad sanctum sudarium votum suum complendum 2, et ideo regina veniet cum domina regente Francie 3 et aliis dominabus : igitur sibi opportuerit fieri venutam modo decenti.

D. Conclusum et commissum dnis consulibus quod super premissis advideant et provideant; et quia dnus canonicus de Prato fuit con ductor venutarum regis et domᵗ gubernatoris ac sue uxoris, eciam domini Bourbonii, qui se bene habuit in introgiis, juvamine aliquorum civitatis, dictum quod requiratur idem de Prato, quod et operetur circa hec salario moderato ; et ad hoc provideant ipsi dni consules.

Veneris xvj maii Vᶜ XVJ, in turri Insule consilio congregato seu in orto ..... 4.

Pro regina. — Conclusum quod venuta regine fiat de proximo dicte civitati ventura, juxta que ordinabuntur per domᵐ canonicum de Prato et suos consortes, quibus commictitur salario moderato, sub tamen discrectione dnorum consulum, et quod omnia fiant sumptibus civitatis.

Precipiendo michi Marrelli, quod ipsum dnum canonicum ad hoc instem, et vadam rogatum in loco Claysii vel Eybeni, in quo fuerit, et ipsum rogatum pro parte civitatis quod veniat Gracionopolim, pro premissis operandis, juxta per ipsum promissa.

Veneris penultima maii Vᶜ XVJ, in turri Insule consilio civitatis congregato 5.

Pro venuta regine. — Nova super venuta regine proposuit d. primus consul (Glaudius Falconis, advocatus), quod rex et regina veniunt : quare opportunum fieri venutam.

Conclusum fieri venutam meliori modo quo poterit et fiant hystorie et alia ad dictum domᵗ canonici de Prato et suorum consortum, prius tamen advisatis et consultatis d. consulibus quam cicius; et solvantur sue expense ubi voluerit in domo.

Pro regina. — Item conclusum et advisatum quod pro dono fiendo regine convocabuntur omnes habitantes civitatis, voce tube, dominico proxima, ubi super dono providebitur et super aliis neccessariis, ne infuturum dici posset quod dni consules et consiliarii hoc faciant sine scitu civitatis et populi.

Pro regina adventus Gracionopoli 6. — Venit regina Glaudia Francie cum rege domino nostro, cui facta fuit venuta Gracionopoli xxiij jugnii 1516, circa horam nonam post meridiem.

Die xxiiij^{ta} jamdicti mensis jugnii ....

1. *Claude, fille de Louis XII, que François Ier avait épousée le 18 mai 1514.*
2. *Le roi partit en effet de Lyon, le 28 mai au soir, pour aller vénérer le saint suaire conservé, depuis 1452, dans la Sainte-Chapelle de Chambéry.*
3. *Louise de Savoie, mère de François Ier, duchesse d'Angoulême.*
4. *F° liij. — 5. F° lv vo. — 6. F° lxij vo.*

Conclusum dari regine sex taxeas ponderis, ipsis exhibitis, quindecim marcharum et trium onciarum, et pro doratura earundem duos ducatos cum dymidio, et pro factura xxxv sol....

Que inde date fuerunt, illo die, per dnos consules, et fecit arengam et presentacionem d. G. Falconis cum dnis consulibus, primo excepto infirmo....

Veneris xxvij jugnii Vᶜ XVJ, in turri Insule congregatum fuit consilium civitatis.... 1.

Exhibitis pluribus parcellis per chappuysium, pictores et alios qui operati fuerant pro venuta regine, petentes sibi solvi opera.

PRO VENUTA REGINE.—D. Viderunt parcellam Johannis Barde et conclusum eidem solvi per d. Chorerii duodecim flor., pro precio facto sibi dato chaffalium et pro dietis suis et servitorum suorum, qui chaffalia foris portam Sancti Laurencii, ultra dictum precium factum, ab alio latere tamquam magis convenientia mutaverunt, et supra ipsam portam pro una filia ponenda fecerunt ; item et quoddam chaffale, econtra domum heredum Marielis Richardi, ultra dictum precium factum fecerunt et inde ipsum mutaverunt in rua Revenderie, econtra domum Glaudii de Alphasiis ; et chaffale Formagerie mutaverunt in platea Sancti Johannis ; et qui unum ortum cum litellis ita ordinatum super chaffali scanni Mali Consilii fecerunt et postes sciderunt, et subtus chaffale ante Magdalenam cloendam cum postibus fecerunt. Omnibus laboribus inclusis, eciam habito juramento a dicto Barde de tamtum vacasse cum suis servitoribus et operasse, ascendentes dietas, ad racionem trium solidorum cum dymidio pro dieta, ad quinque flor. et decem gross. ; item et pro perdis postium, fileriarum et vigarum, ac clavorum et crochiarum, sibi relictis restis, tres flor. : sic in summa xxᵗⁱ flor. x sol.

Veneris quarta mensis juliii, in turri Insule consilio civitatis congregato 2.

PRO VENUTA REGINE. — Propositum quod dnus canonicus de Prato, Franco Boerii, Marcus Visocti et alii petunt taxari et solvi vaccationes per eos factas, picturas et alia circa venutam regine Gracionopoli novissime factam.

D. Comissum d. consuli Chourerii, Chaberti, Burgond(ionis) et de Furno quod, vocatis aliquibus civibus civitatis, taxent et solvi faciant prout eis videbitur faciendum.

PRO TAXA OPERARIIS VENUTE REGINE. — Deinde, dicta die, in domo dom Chorerii consulis, idem Laurencius Moncium consul, dom· canonicus de Prato, nobiles et honorabiles viri Johannes Griffonis, Petrus Chaberti, Fran. Burgondionis, Hugo de Furno, Glaudius de Alphasiis et Jacobus de Juellis taxarunt ut sequitur :

ET F(UERUNT) MAND(ATI). — Primo dom°canonico de Prato, pro facturis,

1. *F° lxiij.* — 2. *F° lxiiij.*

penis, vaccacionibus et aliis,   octo scuta solis.
Franconi Boerii, pro fictis, penis et laboribus,

tria scuta solis, valentia x flor.
Marchoni Visocti, pro picturis in parcella declaratis, lx flor. v sol. den.
Michi Pctro Marrelli, pro expensis xxiiijᵒʳ dierum domⁱ canonici de
Prato illis Boerii et aliorum, ac scripturis et laboribus meis,

viginti quatuor flor., inclusis solutis.
Adriano menuserio, pro duobus piscibus dalphinis, palio et aliis, v flor.
Lantruerio,   xiɹ sol.
Nicolao exeronerio, pro operibus et servicio,   xviiɹ sol.
Petro Giroudi veygna,   iiɹ flor.
Item taxatum extitit Johanni Barda chapp(uysio), pro chaffalibus, pre-
cio facto,   xiɹ flor.
Et pro dietis ultra chaffalia, ut folio precedenti lxiij,   viiɹ flor. x sol.

D ¹

Veneris vicesima prima mensis maii 1518, fuit consilium congregatum
. . . in turri Insule.

Pro adventu r. d. Gracionop. — Propositum per dom. primum consulem quod r(everendus) d(ominus) Laurencius Alamandi, episcopus Gracionopolitanus resignavit r. dom. Laurencio Alamandi, ejus nepoti, be-
neficium Gracionopolit. 2, qui de proximo est venturus in presenti civitate : ideo si fiet ei adventum, si portabitur palium, si dabitur aliquid et
alias quomodo fiet.

Oppinatum et conclusum perquiri compota et papirus civitatis, quoad
hec ; quibus repertis et visis, advidebitur et concludetur.

Die xxiiɹ maii VᶜXVIIJ, in turri Insule fuit congregatum consilium 3.

Pro venuta d. Gracionop. — Super venuta r(everendi) d(omini) Graci-
onopolitani noviter fienda, in qua conclusum perquiri compota et scrip-
turas civitatis, ut inde provideri possit.

Domᵉ Chantarelli consul retulit perquiisse compota et papirus civitatis,
secum magistro Chappanis consule et me secretario, et tantum reperisse
quod pro venuta r(ever.) domⁱ Laurencii Alamandi, episcopi Graciono-
politani, adhuc moderni domini, pro tunc consules iverunt sibi obviam,

---

1. Conclusiones consilii civitatis Gracionopolis, facte de anno Domini
millesimo quingentesimo decimo octavo a Nativitate sumpto et acta sequen.
(BB. 5), fᵒ 58 vᵒ.
   2. *Laurent Iᵉʳ Alleman fut à deux reprises évêque de Grenoble. Sixte IV
le transféra de ce siège à celui d'Orange, le 7 juil. 1477, en remplacement
de Jean Gobert, décédé (d'après la bulle originale que j'ai publiée dans* Les
Lettres chrétiennes, *1881, t. I, p. 314) ; le même pape le restitua à son premier siège le 8 mars 1484 (Gall. Christ., t. XVI, instr. c. 98) et il fit son
entrée à Grenoble le 14 août suivant. Ce document fixe l'époque où il résigna
ce bénéfice à son neveu, du même nom que lui, qui fit son entrée solennelle le
11 novemb. 1518.*
   3. *Fᵉ 60.*

et super ponte Ysare ponere fecerunt sablonum pro equis, et certas ystorias fecerunt ecclesie, relacione aliquorum.

Conclusum fieri venutam et honorem rever. dom° episcopo, de proximo venturo, per dnos consules et civitatem, ireque sibi obviam et fieri
arengam, ipsum requirendo de jurando observanciam libertatum civitatis. Tendantur rue desuper et subtus, fiant ystorie, videlicet una per civitatem, et requirantur ecclesie de faciendo ystorias, quelibet particularem,
ponatur sablonum super pontem dum veniet, et fiant duodecim arma seu
penuncelli in papiro, armis suis depictis, qui ponantur per quadrivia ubi
fuerit visum.

Die xxviij maii M•V^cXVIIJ, in studio dom^i Chantarelli consulis, de mane,
fuit consilium civitatis congregatum [1].

Pro ludo. — Propositum quod, ultra prohibiciones factas ne fiant con-
gregationes, ad evictandum pericula que evenire possent pestis nunc,
ecce quod quidam presbiteri Beate Marie Gracionopolis intendunt ludere
moralitatem in scanno Mali Consilii, propter quod fiet congregatio contra
prohibiciones.

Conclusum quod dni consules recurrant ad dominos Parlamenti, quibus notifficent ludum et prohibiciones factas, cum dampno quod evenire
posset et quod, si eisdem videatur, prohibeatur congregatio et ludus.

Quod et fecerunt, et accesserunt ad dominos Parlamenti qui, ipsis auditis, fieri fecerunt prohibiciones et proclamaciones in personam dom^i ·
officialis et voce tube, ex parte regis dalphini.

Veneris vicesima mensis augusti [2].

Pro de Prato. — Conclusum dari licenciam dom^e canonico de Prato,
que datur capiendi in insulis Gracionopolis quatuor centum arcosse gratis et pro uno semel.

Veneris quinta mensis novembris M° V^c XVIIJ, in turri Insule fuit
consilium civitatis congregatum [3].

Super (Pro) venuta r. d. Gracionop.

Et exhabundanti conclusum palium fieri de damassio coloris albi.

Item civitas fieri faciat chaffalia conventuum.

Item, quod civitas faciat historiam super portam; domini Minores, in
pede pontis a parte Calvimontis; et domini Predicatores, ante Mariam
Magdalenam; capitulum Sancti Andree, in scanno Mali Consilii; et domini capituli Beate Marie, in eorum platea.

Venuta r. d. Gracionop. [4] — Die undecima mensis novembris, que
fuit dies jovis et festum sancti Martini,

Reverendus in Xpisto pater et dominus dns Laurencius Alamandi,
episcopus et condominus Gracionopolitanus, in eadem Gracionopolis civitate fecit suum primum et jocundum adventum, in quo fuerunt facte
ystorie, preparate carrerie, etc.

1. F• 61 v•. — 2. F• 91. — 3. F• 119. — 4. F• 120.

E 1

Martis xxɪɪ aprilis M• Vᶜ XXIJ, fuit congregatum consilium civitatis, quo fuerunt in reffectorio fratrum Minorum voce tube.

Pʀᴏ ᴠᴇɴᴜᴛᴀ ᴅ. ɢᴜʙᴇʀɴᴀᴛᴏʀɪs. — Propositum pro venuta dom. gubernatoris qui, ut fertur, in brevi debet venire et prout mandavit nobilis Fram. Rodulphi scripto.

Conclusum quod fiat venuta dno gubernatori Dalphinatus et detur sibi palium damacei rubei, portandum more solito per dnos consules ; item dentur sibi . . . et fiant ystorie more solito.

Item fiat arrenga per magistrum Mitalerii, secundum consulem, actento quod primus est absens.

Pʀᴏ ᴄʜᴀꜰꜰᴀʟɪʙᴜs 2. — Commictitur dictis Moncium et Oudenoudi factura chaffalium porte civitatis.

Item dnis Gauteronis, Actuherii et Griffonis conductus et provisio filiarum pro hystoriis fiendis.

Item, pro chaffali cadri pontis Sancti Laurencii, remictitur dominis Sancti Laurencii.

Item chaffale alterius cadri, dominis Beate Marie Magdalenes.

Item Fromagerie, dominis Minoribus.

Item scanni Mali Consilii, Predicatoribus.

Item chaffale platee Sancti Andree, dominis capituli Sancti Andree.

Cum hystoriis in eisdem chaffalibus fiendis per eosdem dnos ecclesiasticos.

Item Anthonius Costantini et Zacarias Firmaudi apponi faciant arma per civitatem, juxta consueta.

F 3

Pʀᴏ ʟᴜᴅᴏ sᴀɴᴄᴛɪ Xᴘɪsᴛᴏꜰꜰᴏʀɪ. — Die vicesima nona mensis jugnii, in parvo reffectorio fratrum Minorum, fuit congregatum consilium Gracionopolis, voce tube...

Martir Chaminalis, Johannes Chossonis, Glaudius Darbionis, Simonetus Maleti, Franco Boerii, Anthonius Royaulme et Andreas Damoleti, nominibus suis et Ennimundi Claquini, se obtulerunt velle fieri facere chaffalia, ficticias, coperturam tele, et ad discrectionem dnorum commissorum, eo mediante quod quilibet, qui voluerit intrare ad videndum ludum, solvet quolibet die unum solidum, et pro qualibet camera tria scuta pro toto ludo; item, quod curia det eis ₚedagia usque Avignionem et gabellas pro nemoribus conducendis et vendendis, facto ludo,‌et quod, si ludus nor ludatur, quod eis solvantur interesse.

Conclusum tradi ad precium factum dictis Chaminalis et aliis, et quod pro qualibet die omnes intrantes solvant unum solidum et pro cameris ut alias factum, prout constat instrumento per me Merrelli recepto eodem die.

1. Liber conclusionum civitatis Gracionopolis, anni Domini millesimi quingentesimi vicesimi primi a Nativitate sumpti *(BB. 7)*, *fᵒ 152*.
2. *Fᵒ 153*.
3. Liber deliberationum et conclusionum civitatis Gracionopolis, anni millesimi quingentesimi vigesimi tercii.... *(BB. 8)*, *fᵒ 317 (anc. 52)*.

Deinde, prima jullii, in dicto loco fuit congregatum consilium voce tube. Et ratifficatum dictum instrumentum, ut constat instrumento per quem supra recepto.

PRO LUDO SANCTI XPISTOFFORI 1. — Dominico vicesima nona jullii, fuit consilium civitatis voce tube congregatum in parvo reffectorio fratrum Minorum Gracionopolis.

Propositum quod precii factores chaffalium ludi sancti Xpistoffori non contentantur de contentis in instrumento precii facti chaffalium, ficticiarum et coperture, et alias prout constat instrumento, sed conquerentur de eis, providendo prout in quadam supplicacione per eos dnis commissariis data, propter quod fuit congregatum presens consilium, et dicta supplicatione lecta et audita, habitisque opinionibus particularibus asistencie.

Conclusum quod perde, dampna et interesse precii factorum solvantur per habitantes dicte civitatis exemptos et non exemptos et per dnos commissarios, ad arbitrium et taxam dom. commissariorum, juxta per dictos precii factores petita et oblata, et cum conditionibus adjectis et declaratis in dicta supplicacione predicta..., exordiente « Messeigneurs » etc. ; et hoc vocatis dnis consulibus civitatis, summariter ducentum scutis pro perdis jam promissis inclusis, et hoc citra prejudicium primi contractus ..., et alias prout constat instrumento super premissis passato...

PRO LUDO SANCTI XPISTOFFORI 2. — Dominico quarta novembris 1526, fuit congregatum consilium generale civitatis in reffectorio fratrum Minorum voce tube....

Super ludo sancti Xpistoffori, propositum quod plures expense et anfractus fiunt et fient pro ludo vite et mortis sancti Xpistoffori : quare est neccesse providere de peccuniis, maxime quia erit utile et profiqdum civitati et habitantibus, et pro peccuniis habendis ; et ob ideo fieri unam taliam in civitate, in qua omnes domini Parlamenti et Camere Dalphinalis solvent unam summam sive dabunt, et omnes alii exempti et non exempti solvant.

Conclusum fieri perequationem inter exemptos et non exemptos usque ad summam ducentum scutorum solis, proviso quod domini Parlamenti et Camere incipiant ; et commictitur dnis presidentibus Compotorum et Materonis advocato, quathinus vocatis dnis consulibus et duobus de civitate pro quolibet gradu, qui perecent ratam pro rata.

Veneris xxiiij maii *(1527)*, fuit consilium civitatis congregatum in turri Insule 3.

PRO CHAFFALIBUS. — Propositum quod dni consulesque et consiliarii villarum de Romanis, Valencie et aliarum villarum Dalphinatus, venient aut sunt venturi in ludo sancti Xpistoffori proxime, in festo Penthecosten venturo ; et quia quam plurimi fecerunt bonam venutam habitantibus hujus civitatis,

1. F* 323 *(anc. lvj v*).
2. F* 343 *(anc. lxxvij).* — 3. F* 391 *(anc. xxix).*

Queritur si eis dabitur vinum, ipsis existentibus in civitate.

Conclusum, ad majorem partem vocum, hemi duo dolia vini, unum clareti, alium albi, et de ipso dari ad discretionem dom. consulum usque ad quantitatem sex somatarum.

Lune tercia mensis jugnii, fuit consilium civitatis congregatum... in turri 1.

Pro ludo sancti Xpistoffori. — Propositum quod spectabiles domini Parlamenti mandaverunt hostiarium Parlamenti dnis consulibus, ad fines dandi certam summam argenti, circa numerum ducentum librarum Turonensium, pro negocio beati Xpistoffori, pro forniendo negociatoribus dicti misterii.

Conclusum dari negociatoribus de denariis civitatis, pro dicto ludo, centum libras Turonenses implicandas tam dno Petro Areodi, trompetis, gorderiis et aliis quibus per dnos commissos, Parlamenti, consules et alios commissos fuerit ordinatum.

Mercurii undecima mensis decembris, in turri Insule 2.

Pro nemoribus sancti Xpistoffori. — Qui concluserunt solvi precii factoribus ludi sancti Xpistoffori, pro decem octo duodenis et octo petiis filleriarum et doblis ac sex duodenis de bigone, quarum certa pars fuit implicata hucusque et reliqua pars implicabitur in repacionem ripparie Dravi, videlicet......

G 3

Jovis ultima mensis decembris (1534), fuit consilium civitatis congregatum in turri Insule, quo fuerunt . . . .

Pro ludo vite Xpisti. — Conclusum retineri tres cameras chaffalium.

Item hemi duo dolia vini, trium somatarum quodlibet, pro donando extraneis venientibus.

Item acceptum onus per Anthonium Royaulme hemendi in nundinis Lugduni duodecim simeysias stangni, ad dandum vinum extraneis nomine civitatis.

Lune octava mensis febrorii (1535), in turri Insule fuit congregatum consilium, in quo fuerunt vocati per . . preconem . . . 4.

Dom° Buchichardi. — Prefatus s(pectabilis) do(m° Franciscus Feysani, jurium doctor), procurator (fiscalis generalis) Dalphinalis, proposuit quod in deliberatione ludi misterii Passionis Xpisti, qui fuit deliberatus ludi in presenti civitate in festo Penthecostes proxime futuro, rotulus Jhesu Xpisti fuit traditus nobili et egregio dom° Petro Buchichardi, jurium doctori,

1. F° 393 (anc. xxxj).
2. F° 430 (anc. lxvij).
3. Liber conclusionum civitatis Gracionopolis, anno Domini 1531 a Nativitate Domini sumpti (BB. 10), f° IIJ° xxiiij.
4. F° IIJ° xxviij v°. Le texte de cette délibération a été publié par Berriat-Saint-Prix dans les Mém. de la soc. des antiq. de France, 1823, t. V p. 167-8 (tirage à part, p. 7-8).

qui dictum rotulum gratis acceptavit et personagium ipsius rotuli ludere promisit, convenit et juravit, ipsumque studuit tam apud se quam in recordationibus de dicto misterio factis fere spacio quinque mensium ; et novissime ipse dom* Buchichardi dictum rotulum dimisit et restituit illis qui conductum dicti misterii habent, et declaravit quod ipsum personagium non luderet : quod cederet maximo prejudicio, essetque magnum dedecus et interesse rei publice hujus civitatis et precii factoribus theatri et scaffalium, super quibus ipsum misterium debet ludi. Quare fuit petitum quid, ad tante indempnitati obviandum, sit agendum; et ubi ipse dom* Buchichardi interpellatus recusaverit dictum rotulum reassumere et dictum personagium ludere, si erit et videbitur bonum quod detur contra illum, ad instanciam dictorum dnorum consulum et precii factorum, supplicati o insigni curie Parlamenti Dalphinalis, per quam ipse dom* Buchichardi petatur cogi ad ipsum personagium, juxta jam per eum in dicta deliberatione promissa et jurata, ludendum et ejus debitum faciendum, alioquin ad prestandum et solvendum dampna et interesse per hanc civitatem et cives illius ac predictos precii factores, culpa illius, substinenda et facienda.

Super quibus fuit conclusum quod, si ipse dom* Buchichardi recuset dictum rotulum reassumere et dictum personagium Jhesu Xpisti ludere, juxta per eum acceptata, promissa et jurata, quod detur supplicatio insigni curie Parlamenti Dalphinalis contra illum, ad instanciam dnorum consulum dicte civitatis et predictorum precii factorum, per quam ipse dom* Buchichardi petatur cogi et compelli, eis melioribus et forcioribus modis quibus fieri poterit, ad ipsum rotulum reassumendum, studendum et dictum personagium Jhesu Xpisti, juxta per eum promissa et jurata, ludendum et in hoc ejus debitum faciendum, alioquin ad prestandum et solvendum eisdem consulibus, seu universitati hujus predicte civitatis Gracionopolis et predictis precii factoribus, omnia dampna, interesse et expensas que et quas eamdem civitatem et dictos precii factores pati continget, deffectu ipsius dom* Buchichardi, non ludentis ipsum personagium et promissa ac jurata per eum non observantis circa hoc.

H 1

Veneris decima quarta mensis maii *(1535)*, fuit tentum consilium civitatis in turri supra magnum pontem lapideum supra Ysaram.

R. DO. EPISCOPUS GRACIONOP. — Propositum pariter quod reverendus dominus episcopus Gracionopolitanus petebat licenciam sibi impartiri transitum et redditum faciendi super menia hujus civitatis Gracionopolis, eundo a domo episcopali dicte civitatis ad scaffale seu theatrum factum in platea Cordigerorum dicte civitatis, ad ludendum misterium Passionis Redemptoris nostri Jhesu Xpisti, et deinde reddeundo, durante tempore quo ipsum misterium ludetur seu pertractabitur, ad evictandum pressuram populi ad videndum ipsum misterium in dicta civitate congregati.

1. *Reg. BB. 11, f. IIJ* xlv.*

Conclusum eamdem licenciam dicto reverendo dom° episcopo dari, pro hac vice dumtaxat et citra consequentiam et prejudicium aliquod rei publice dicte civitatis, et dictam licenciam sic sibi esse datam eidem rever° dom° episcopo inthimari per alterum ex dictis dnis consulibus.

DIE

(Complément).

D ¹

Veneris, xvj jugnii *(1497)*.

PRO ADVENTU DOMINI. — Convocatis in domo predicte comunitatis Dyensis dictis dominis sindicis, cum majori parte suorum consiliariorum, fuit conclusum, quia dominus noster episcopus et comes Dyensis et Valentinensis ² intendit facere introhitum suum in presenti civitate die dominica xvj mensis futuri jullii, quod dentur eidem pro suo jocundo adventu primo xvj saumate vini tam albi clareti quam rubei, item duo vituli pingues, una xij° ancerulorum sive de oyons, ıj° duodene capponorum.

Item, quod fiant istorie tam in portali Sancti Petri in fonte quam in fonte de Petra et in porta ecclesie, et comissum dictis sindicis, vocatis secretario et aliis vocandis, quatenus allocantur dominum Johannem de Salice et alios clericos ³ expertos, pro avisando modum et formam faciendi dictas ystorias sive alia necessaria.

Item, quoad arengam fiendam commissum dicto domino Audeerii, quia est infirmus, fuit conclusum quod conferant domini sindici cum eodem de dicta arenga, in casu ipsam facere non possit, quod det onus alteri cui videbitur, habita prius conferencia cum hiis quibus erit necesse conferendi.

Dominica, nona mensis jullii.

Convocatis in domo ville dictis dominis sindicis, cum majori parte suorum consilliariorum, it confuclusum ultra conclusionem supra factam quod, loco duorum vitulorum quos concluserunt dari domino nostro episcopo, detur eidem unum quintale caseorum cum aliis supra declaratis.

E ⁴

Martis, ıx mensis aprilis *(1499)*.

Convocatis in domo civitatis Dyensis dictis dominis sindicis, cum suis consiliariis infrascriptis, in redditionne presencium computorum, super requesta facta per Ludovicum Regis, filium Anthonii Regis, mercatoris

---

1. *F°* 188.
2. *Bien que nommé aux évêchés de Valence et de Die dès 1491, Jean d'Espinay n'avait fait son entrée solennelle à Valence que le 15 mai 1496* (Gallia Christ., t. XVI, instr. c. 141-2).
3. *Ms.* alios in clericos ? — 4. *F°* 218.

Dyensis,et alios de ludo quem intendunt facere in presenti civitate Dyensi die dominica proxime futura 1, fuit conclusum quod eisdem lusoribus pro reparationibus fiendis in eodem ludo amore Dei dentur et distribuantur de pecuniis dicte civitatis, videlicet ij flor.

MONTÉLIMAR

Archives de la ville de Montélimar, registres de la série BB, communiqués par la bienveillante entremise de M. A. Lacroix.

A ²

Item die jovis vicesima quinta mensis aprilis (*1448*), congregatis in domo ville consulibus et consiliariis....3

ORDINACIO QUOD PUTEUS PETRE ARRASETUR ET REFICIATUR EXPENSIS VILLE.
— Item fuit ordinatum, ad requestam illorum qui intendunt facere breviter ludum Sancti Desiderii 4 in presenti villa, in platea Petre, in qua est puteus, quod dictus puteus arrasetur et refficiatur expensis ville, et certi alii tabularii in dicta platea existentes.

Et fuit ordinatum quod ipsi consules, quando dictum ludum voluerint fieri 5, quod dictus puteus tradatur alicui lapicide ad arrasandum et refficiendum, dum taxat expensis ville, de aliquibus tauleriis : nichil fiat nisi solum de puteo.

B⁶

SUPER DATIONE QUINQUE FLOR. DONATORUM ILLIS QUI FECERUNT LUDUM BEATE CATERINE 7. — Item die xv mensis madii (*1453*), congregatis in domo ville consulibus et consiliariis.... Qui consules supranominati expo-

---

1. *Ce dimanche fut le deuxième après Pâques.*
2. Sequntur ordinaciones per .... consules, rectores et custodes modernos loci Montilii Adhemarii et .... eorum consiliarios, anno Domini millesimo quatercentesimo quadragesimo septimo.... *(BB. 17)*.
3. F⁰ 15 v⁰.
4. *Les érudits connaissent* La vie et passion de monseigneur sainct Didier, martir et evesque de Lengres, faicte par personnages, ...composée par .. maistre Guillaume FLAMANT, chanoine dudit Lengres, jouée en ladite cité... l'an 1482, publiée ... d'après le manuscrit unique de la bibliothèque de Chaumont... par J. CARNANDET *en 1855 : ce saint est mort vers 264, le 23 mai. Il doit s'agir ici de son homonyme, honoré le même jour, qui succéda sur le siège de Vienne à saint Vère en 596, fut exilé en 603 et martyrisé près de la Chalaronne (Ain) en 608. Plusieurs églises lui étaient dédiées en Dauphiné ; il avait à Montélimar, au-delà du Roubion, une chapelle, aujourd'hui détruite, mais dont « l'existence est rappelée par la croix de fer placée près de la route d'Espeluche, au quartier Bénicroix »* (DE COSTON, Hist. de Montélimar, t. I, p. 91).
5. *Ms.* volu'it fu'it.
6. Ordinaciones facte per.... consules, custodes et rectores..., anno Dominice Incarnacionis millesimo quatercentesimo quinquagesimo secundo .... *(BB. 19)*. — 7. F⁰ 7.

suerunt quod illi, qui intendunt facere ludum beate Katherine in presenti villa, eisdem consulibus nomine dicte universitatis pecierunt sibi dari de bonis universitatis Montilii in adjutorium quod eis placebit. Actento quod erit maximum exemplum honorque et utilitas et comodum dicte ville, et habitis pluribus verbis, fuit ordinatum dari de bonis universitatis quinque florenos facto ludo et non ante.

Sequntur expense facte et solute per dictos consules et rectores loci Montilii Adhemarii 1.

Item computant dicti consules solvisse domino Anthonio Alardi, magistro ludi Sancte Caterine, ad supportandum expensas factas per illos in dicto ludo, tam pro mimiis sive menestriers quam aliis gentibus, quos dedit villa Montilii.   v flor.

C 2

Martis xiiij° marcii *(1503)*3.

Domini consules exposuerunt quemdam equitem ex parte regia sibi tradidisse quasdam licteras missivas sibi directas ex parte regia, pro recipiendo dominum archiducem 4; quas licteras exhibuit, ut de eisdem lecturam fieri fecerint et peciit sibi provideri.

Qui domini evocati, audito tenore licterarum, quia in licteris fit mentio quod faciant ea que dicentur per dominum Lini 5, commissum ad illum conducendum, mandari ad dictum dominum de Lini dom. Johannem Vitalis, consilliarium, ad sciendum ea que precipientur eidem, cum quanta qua fieri poterit diligencia nocte et die; et interim proclamari facere quod quilibet habeat ante suam domum charreyari arenam, et tendi supra carrerias cordas in lintheamina....

Sabbati xviij° mensis marcii *(1503)* 6

ORDINACIO SOLVENDI CHASFAULX ET ABILHAMENTA MORISQUE DNI ARCHIDUCIS. — Eadem die, in domo ville convocato consilio quo erant consules et consiliarii, dni consules exposuerunt, propter jocundum adventum domini archiducis, qui diebus hiis suum transitum fecit per hanc villam, juxta sibi precepta per serenissimum dominum regem dalphinum per suas licteras et in(j)uncta per dominum de Lini commissum, fieri fecisse tres eschausfaus, super quibus accendi fecerunt super quodlibet duas filias, quas abilhari fecerunt et tilletos scribi; item et inde fieri

---

1. Conputa.... consulum universitatis Montilii Adhemarii, de anno Domini 1502 ab Incarnacione sumpto *(BB. 19)*, f° 5 v°.
2. Liber ordinationum factarum in domo ville Montillii Adhemarii, de anno Domini millesimo quingentesimo tercio *(BB. 24)*. — 3. F° 9 v°.
4. *Sans doute Philippe le Beau, archiduc d'Autriche, qui, reconnu héritier présomptif des couronnes de Castille et d'Aragon, se rendait dans les Pays-Bas ; il venait d'Orange et eut ensuite à Lyon une entrevue avec Louis XII.* M. GACHARD *a publié dans le t. I*er *de sa* Collection des voyages des souverains des Pays-Bas *(Bruxelles, 1877, in-4° de 568 p.) l'Itinéraire de Philippe le Beau, dont le passage à Montélimar dût avoir lieu vers le 16 mars 1503.*
5. *Probablement Antoine de Ligne, premier comte de Fauquembergues.*
6. F° 10.

fecisse quatuor abilhamenta pro tripudiando moriscam 1, in quibus implicate fuerunt octo bandinelle, que inde depigi fecerunt ex foleis auri et argenti per pictorem hujus ville, et habuisse sex mimos et emisse octo fasses cereas; item et emisse xiiij libras pulveris bonbarde, quas implicari fecerunt in trahi faciendo artilheriam per Catherinum Charveti; et quia illi qui circa hec vaccaverunt petunt cibi satisfieri, petunt ordinacionem fieri.

Qui domni consules, auditis premissis, ordinaverunt solvi fusteriis pro suis penis in conficiendo eschausfaus,   vj g(rossos).

Item et pro tilletis, incluso papiro,   ij g. iij d.

Item et pro bandinellis pro abillamentis,   iij f. iiij g.

Item et appunctuari cum pictore de pictura et implicatis in pingendo abilhamenta, tam erga pictorem quam appothecarium.

Item et solvi mimis pro suis penis,   unum flor.

* Item et pro fassibus,   duos flor.

Item et magistro Katherino Charveti, pro pulvere implicato in artilheria et suis laboribus,   quatuor flor.

Et hec omnia solvi de denariis ville per consules et illa in suis compotis allocari, quictancia non obstante.

Similiter in eodem consilio fuit ordinatum quod quia dom. Johannes Vitalis accesserat ad dominum de Lini ad civitatem Auraice, ad sciendum quid essent acturi pro jocundo adventu domini archiducis, in quo viagio stetit eundo aut redeundo tribus diebus, solvi eidem... tres flor. cum dimidio.

D 2

Sabbati quinta mensis aprillis *(1511)* 3.

Eadem die, in domo ville convocato consillio, in quo erant dni consulles et consilliarii...

Dni consulles exposuerunt quod frater predicator Cadragesime anni presentis est intentionis, si placeat consillio presenti necnon et toti comunitati ville presentis, dum predicabit passionem Domini nostri Jhesu Xpisti in die Veneris sancta proxime futura, ludere Cruxisfiamentum ejusdem Domini nostri Jhesu Xpisti ad inducendum populum ad devotionem per ....), pecierunt eorum oppiniones haberi.

Qui quidem dni consulles et consilliarii, habito invicem consillio, quia est sanum per totum locum circumvicinum, ita quod non dubitatur per De[i] gratiam de aliqua peste epidimie nec aliqua alia infirmitate contagiosa, fuit ordinatum, ut populus magis inducatur ad devotionem, quod dni consulles inpertiantur licenciam eidem predicatori ludendi Domini Cruxisfia-

---

1. *Ce mot manque au* Glossarium *de* D'après CHORIER (Hist. de Dauphiné, *1672, t. II, p. 496), « on appelloit morisques les mascarades et les danses figurées qui se faisoient sous le masque ».*

2. Liber ordinationum factarum in [consilio] ville Montillii Adhemarii, de anno millesimo quingentesimo undecimo [a] Nativitate Domini sumptum *(EB. 25).* — 3. F° *15 v°.*

mentum; et, si neccesse fuerit, quod dni consulles fieri faciant les eschaf-
fauxs neccessarios et alia neccessaria, ordinantur in suis compotis allocari, quictanciam reportando.

Lune secunda mensis [jugnii] *(1511)* 1.
Eadem die, in domo ville convocato consillio, ...

Similiter, visa quadam suplicatione per quosdam certos particullares
habitantes ville presentis, volentes ludere hiis diebus Penthecostes moralitatem vite sancte Suzane, fuit ordinatum quod dni consulles fieri faciant
les eschasfaus sumptibus ville, ordinato soluta per eos in suis compotis
allocari, quictancia non obstante.

E 2

Dominico xv mensis februarii *(1512)* 3.
Eadem die, in domo ville convocato consillio, in quo erant dni consulles
et consilliarii necnon....

Consequenter in eodem consillio partissipato cum predictis evocatis
quia dicitur quod serenissimus dominus noster Francorum rex est venturus in presenti patria, ita quod erit neccesse fa(ce)re aliquod [d]onum gra-
tiosum et dni consulles non habent in promp[tu] pecunias, fuit ordinatum
quod Passio non ludatur pro hoc anno, sed a dicto ludu se supportent
premissis actentis, cum dni consulles non habent ad solveudum les eschaf-
faus et fenctes per ipsos ludentes solvi petitas.

F 4

Jeudi xxiᴶ de abril *(1529)* 5.
Samblablemant audit consel, avoyer veu la supplicacion et requeste de
aucuns particulliers, fecte sur le jeu et histoyre qu'il veulhent joyer de la
conversion de la Magdaleyne, a esté dit et ordoné que messieurs les con-
soulxs leur ayent a doner et balher, par ayde des despances et misces
qu'il feront en feysant les eschasfaux et autres choses, la somme de deuxs
sens sol et deuxs livres de poudre de colobrine, et an leurs comtes estre
admis, quictance reportant.

---

1. *F* 22. *M.* Petit de Julleville *donne à tort* (Mystères, *t. II, p. 102)*
à cette délibération le millésime de 1512, année où il aurait été trop tard, le
2 juin, de faire un règlement concernant la fête de la Pentecôte, qui tomba
le 30 mai, tandis qu'en 1511 elle fut le 8 juin. Les dates de ces délibérations
sont prises à la Nativité, *comme le notaire a eu soin plusieurs fois d'en aver-*
*tir, et non à l'*Incarnation.
2. Liber ordinationum factarum in domo ville Montillii Adhemarii, de
anno Domini millesimo quingentesimo duodecimo a Nativitate Domini
sumpto *(BB. 26)*. — 3. *F* 12 rᵉ et 13 rᵒ.
4. Le livre des ordenances fet a la meson de la ville de Montelhimart,
de l'an mille Vᶜ vint et neuf prins a la Nativité Nostre Seigneur *(BB. 33)*.
5. *F* 30 vᵉ et 31 vᵒ. *La date du 12 avril 1530, donnée par M.* Petit de
Julleville *(op. cit., p. 116) est de tout point inexacte.*

NYONS

Archives de la ville de Nyons, registre 1 de la série BB.

A [1]

L'an V° XXIIJ et lo VII jort de abril, a ystat tengut lo parlament [2] en la meyson de la vilo, davant lo luotenent de chastellan, Imbert Charol, a la requeste de mons' Piare Flaget, precheur.

Vont eron presens los sendinges, lo proeror fiscal, mons' de Teyneros, mons' lo vicari, mons' de Claso, mons' Lelom, mons' Laures Croset, mons' Girard Besset *et 59 autres.*

Super facto requisitionis facte per dnum Petrum Flaget, sobre lo fach quo non danson poent en denguio sorto de pueys lo mars gras en lay, et tout lo poble an promés por la levation de lurs mans de jamas no y dansar ny suffrir dansar.

Item, sobre lo fach que, a requestat mesires les chappellans de l'eglisso de far et de portar Jesus Crist por la gliso davant l'intrage de la messo matinero, et mesires lo chapelans en son content.

Item, sobre lo fach de la presentacion que lo beu payre a presentat de far joar la Resusretion de Jesus Crist, pro vu que (l'on) luy paye sa despenso dez si a la fin de las festes de Pandecostes prochenes.

Et tout lo monde n'es ystat content.

B [3]

Au parlament en la meyson de la vilo, lo VJ jort de may 1523, davant Imbert Charol, luotenent do chastellan.

Vont eron presens........

Item, sobre lo fach d'au joc que volon joar, que les joayres demandon que la vilo lur faso fayre los chaffaus aus despens de la villo.

Et es ystat conclus que la vilo lur fasso fayre les dis chaffaus au despens de la vilo et que chescun a promés de s'y eydar.

Fuerunt electi a far fare les chaffaus : les sindiges, lo chastellan ; et p° Philip Eydous, Ja. Auriis, Glaudo Bau., Barterii, mestre Pipot, Anth. de Laval, Dans Vuralher ; item mestre Anton Marin, mestre Glado Priero ; item lo menuser, item Bontou Fuerant, item Andreu Girart, Ferando Chambon.

---

1. Liber conclusionum discretorum virorum Bertrandi Seguin et Anthonii Tiercii, sindicis *(sic)* de Nyhoniis, de anno Domini mill'o quingen° XXIIJ, *f°* 5.

2. *D'abord* consel.

3. *F°* 7.

ROMANS.

Archives de la ville de Romans, registres de la série BB

A [1]

MEMOYRE coment l'on a ballié a Cafiot, a Jehan Roux et a Perat, chappuys de Romans, a prifet de fere lez echafaux, et de fournir tous boes et poux que sera nesecere, tan pour les dis echafaux, la plate forme, feyntes et lez piesses de boes pour fere lez tentes de toylle que fere paradis, anfert, villes, tours ; et generalement seront thenus de fere tout se que sera nesecessere pour les dis echafaux et fournyr de tous boes et poux, et mestre en euvre a leurs depans pour joyer le geu des troys martirs, apellés lez Troys Donx : et se pour le pris de IIIJ° xiJ florins, lez quieux leurs furent balyés contans, s'et adsavoyr messieurs de Sant Bernart la metyé et la ville l'autre metyé. Plus es se pache que l'on presta IIIJ^e (flor.) audis chappuis, a leurs payer a my Caresme, et les devont randre a Chalandes, coment coste note recepte par la meyn de mestre Escofery, l'an 1508 et le   . Plus est de pache que lez dis chappuis reprandront tout le boes et poux, plus l'on les forny de clos et croches.

B [2]

S'EN suit l'argent empronté pour fere les chaffaux du jeu des Trois Martirs, lequielz argent a hesté bailhé entre les mains de Jehan Milliart, resseveur de la ville, a les randre aprés la Panthecosta prochaynna.

Et primo avons empronté de Beneyctz Goffiol, prieur de la confrerie de monsieur Saint Sebastien, et de Jame de Lassira, Denys Trena et Estiene Bochart, confreres de la dicte confrerie, yssi presens, la dimenche 31 de decembre 1508, monte   XXXI fl. IJ s. t.
conter chascun florin pour douze s. t.

Item, plus a presté Beneict Goffiol, conturier de Romans, alla ville pour l'evre desdix chaffaux, en paches que tant qu'il toche le jeu des Trois Martirs l'on ne l'anpechera en rien audit jeu, monte x escus sol, le xxxj decembre mil V^e et huit ; et pour ce monte   x escus sol.

Item, plus a presté la confrerie de Nostre Dame de Graça de Saint Bernart, par les mains de sire Reymon de la Salla, ledit jourt, en xxj escus sol ; et pour ce monte   xxj escus sol.

Item, plus a presté la baie, par les mains de sire Jehan Chonet, monte   LX flor.

Item, plus a presté la confrerie de Saint Bernart, par les mains dudit Chonet, monte   XXIIJ fl. VIIJ s. [3]

1. Papier de raison et memoires de la ville de Romans (*1505 1513*), f°
27 *v°*.
2. *Ibid.*, f° 28.
3. *Si les autres confréries de Romans ne vinrent pas en aide à la ville pour*

Item, le vii* de mars, avons empronté de messieurs de Saint Francoys de Romans, en lxj escut sol et quatres escus alla coronna, lesquielx furet balhiés a Jehan Milhart, resseveur de la villa, pour balha és chappuis, come coste note recepte par mestre Aliberti l'an 1508 et le jourt dessus. Et hont fianssc de restituir ledit or sieur Jehan Chonet, Anthoine Mornet et Jehan Boges, de Romans, a les rendre d'issi le Cors de Dieux prochayn, avallua a 37 s. par escut monte   IJ* fl. j s.

Me(moyr)e que Jehan Milliart est acthenus de poier les sommes en ceste presente pagena escriptes, enssi que li coste par mestre Jehan de Saint Martin, notaire de Romans.

Payé au pere gardien frere Piero de Menc et mestre Jacques Chevallier, procureur do covent, que Jehan Milliart leur a poyé contant, monte tant en or que en monnoye deux cens flor. et ung s.

Le 26 jourt de janvier 1508 commanssat a manger chez mestre Beneict Goffio Fran(ces) Tevenot lo peyntre, et commenssat celluy jourt a iiij fl. lo moes.

C [1]

In domo ville, die prima mensis januarii anno Domini M° quingent. octavo (1509) ab Incarnacione Domini sumpto.

Qua erant egregius et honorabiles viri Ludovicus Pererii, judex, Philippus Thome, procurator, Johannes Choneti, Romanetus Burgondionis, Johannes Boges, Johannes Pellicerii, scindici, etc.

Et ibidem per supradictos fuit conclusum quod scindici retineant dom. predicatorem, qui predicavit in Adventu in presenti oppido, pro predicando in Cadragesima proxime ventura, actento quod villa habet plures chargias, et ne........ fuit conclusum quod scindici nomine ville capiant ad mutuum de confratribus confratriarum presentis ville argentum pro fieri faciendo les eschaffaux ludi sanctorum martirum, videlicet des Troys Dans

la représentation du Mystère des Trois Doms, c'est qu'elles lui avaient précédemment prêté des sommes considérables, comme en fait foi Le Carnet des comendemens faictz par mess'* les coulces de Romans a Symon Pellicier, receveur de deniers de la dicte ville, sous la date du 22 novembre 1510 (f° vj): Dni consulles dederunt in mandatis dicto receptori, quathenus solvat de denariis sue recepte confratrie Sancti Jacobi fundate per chappellerios ejusdem ville, videl. lxxxxiij flor. v sol. iij den. Turon., causa mutui consullibus ejusdem ville traditorum pro negotiis ejusdem ville peragendis, prout constat compotis Johannis Milhardi, tunc receptoris ejusdem ville, de anno M° quingen⁰ quinto. D. Maheti. — Fuit preceptum dicto receptori per predictos consulles, quathenus solvat de denariis sue (recepte) confratribus Sancti Crispini ejusdem ville, videl. lxxx flor., eisdem consullibus mutuatos pro negotiis ejusdem ville peragendis, prout latius constat compotis ejusdem Joh. Milhardi tunc receptoris... La quittance de la première somme coûta 9 deniers (pro factura quictancie eisdem consullibus per priores confratrie Sancti Jacobi de summa... (ibid., f° viij v°; 11 janv. 1511), celle de la 2° 1 sol (ib. f° xj).

1. Ibid., f° 29.

et eciam de abbatia presentis ville, et eciam capiant ad mutuum ab illis qui non ludebunt et aliis.

D 1

Et premierement a mys et delivré ledit Symon Pellissier pour la venuhe du Roy, nostre souverain prince 2, le xxiij de jung l'an mil Vᶜ onze, pour une collation faicte en la maison de la ville, quant monsieur de Trymoille fust aryvé a Romans denuncer l'advenement dudit prince, mys en vin, trippes et peyn,   iıj s. vj d.

Item, delivré a Bruhan et Ponthus, doriers, pour la facon du don que la dicte ville a faict fere, tant pour le Roy que la Reynne, et ce pour dyminucion des gages desdictz orfeuvres, la somme de   ij fl. iıj s.

Plus, poyé es trompectes qui toucherent sur la nau pour la venuhe dudit prince, le xxiijᵐᵉ de jung,   ij fl.

Item, plus delivré a Beneyt Gouffiou, mandeur de ladicte ville, pour donner és fourriers dudit prince, comme appert par mandament, quatrez escus solieil, vallent   xij fl. iııj s.

Item, plus poyé a Barberon, qui a touché pour la venuhe du Roy, iıj fl.

Item, poyé a Maron menetrier, qui pareillemant a touché pour ladicte venuhe, appert par mandement,   iıj fl.

Item, plus poyé a Francoys Gaudilhon, qui a faict pendre l'estandart de ceulx de Sᵗ Donat,   j s.

Item, poyé a Caffiot, pour dyon du boys qu'il a delivré, tant pour la nau que aultre part,   x fl.

Item, delivré a Jehan Chonet, pour torches et tellectes qu'il a delivré, comme appert parcelle et mandat.   vij fl. j s. vj d.

Item, plus delivré a Beneyt Goffiou, mandeur de ladicte ville, pour certayne somme de vin donné pour la venuhe dudit prince et aultres chouzes par ledit Benoyt prises au nom de ladicte ville, comme appert plus a pleyn par parcelle,   vij fl. vij s. iııj d.

Item, plus delivré et poyé a meistre Francoys le pointre, tant pour ces vaccations qu'il a vacqué pour fere la percil de la venuhe dudit prince, comme pour les chouzez neccesseres pour lesdictes poinctures feyre, comme apper par parcelle et mandat sur ce faictz l'an et jour dessusdits, la somme de   xix fl. xj s.

Item, delivré a Anthoine Reyat, pour aller charcher des avyvres pour la venuhe dudit prince, comme appert par commendement,   ij fl.

Item, plus poyé et delivré a Gyrault, hoste de Troys Roys, pour despence faicte chez luy tant pour les commisseres de Grenoble, Sainct Marcelin et oucy pour le defrchement de monsieur de Trymoille, qui vint en ceste ville pour visiter le lieu et place pour feyre le port de la scenduhe dudit prince, comme appert par mendement,   xxiij fl. ij s.

1. Carnet des comendemens faictz par messʳˢ les coulces de Romans, fᵉ xvj-iij. — 2. Voir le Bulletin, t. IV, p. 122-3.

Item, plus poyé et delivré a Jehan Milhart, marchant de Romans, pour avoyr de taffetas tant bleu que blanc, pour fere les paellez du Roy et de la Reynne, fil de soye et ryban. :omme appert par parcelle et mandat,
xxxvj fl. iij s. ij d.

Item, plus delivré pour feyre les dompz tant du Roy que de la Reynne, la somme de deux centz escus soleil, a reison de xxxvij s. la piece, monte
VIe xvj fl. viij s.

Les queulx seront allouhés et desduytz aut Pellissier receveur, en rapportant quictance.

Item, plus poyé pour la perte qui c'est faicte sur le feyn achapté pour la provision dudit prince, la some de   iiij fl. ij s. j l.

Item, plus delivré a Anthoine Garat, pour ung jour qu'il a vacqué pour aller a Valence parler es consulz dudit Valence, pour avoyr conferance pour la venuhe du Roy,   viij s.

Item, plus delivré et poyé a l'oste du Chapeau Roge, pour lij pos vin donné a la suite dudit prince et aultre despence chés luy faicte, tant pour massons, chappuys et aultres manovres,   iiij fl. j v.

Item, poyé et delivré a Jehan Michellart, tant pour peyn pactes que peindront ceuls qui hont cousuze les teylles et tapisseriez pour les tantez,
vij s. vj d. t.

Item, poyé Michel Mussellon, pour xxxij pos vin pour donner a messieurs le prevost, mareschal et aultres seigneurs dudit prince,   j fl. iiij s.

Item, plus poyé Anthoine Grand, pour la vaccation de ung jourt que son frere a vacqué pour aller a Sainct Jehan, Triors, Sainct Pol et aultres lieu, pour avoyr des vivres pour le Roy, comprys aulcun charrey de boys que a charrée avecque sa charreite despuys Ysere juscquez a la máison de la ville,   ix s. iij liars.

Item, plus poyé a Jehan Genot, sergent de Romans, pour ces vaccations par luy faictes tant pour ladicte venuhe que aultres services qu'il a faict pour le commendement de mesdicts sires les consulz en plusieurs foys,
j fl. vj s.

Item, plus poyé a Jehan Romey, tant pour clouz, cercles, croches, tare de teyllez qu'il a baillé pour ladicte venuhe, comprys ces vaccations et journées, come plus appleyn appert par parcelle sur ce faicte et par luy realement exhibée,   xxiij fl. j s. iij l.

Item, poyé a Me Grant Jehan le serraillier, tant pour quatrez anneaulx pour les ancres de la nau, quatrez freytys et plusieurs aultres ferreures et aultres chouzes par luy delivrées, comme appert par parcelle, j fl. xj s. iij. l.

Item, poyé a Glaude Mornet, pour la perte dessus viij telletes rouges et jaulnes prisez pour ladicte venuhe,   iij s.

Item, delivé et poyé a Barraletier, tant pour avoyr d'agulles j s. que pour despence faicte au Chappeau Rouge, oultre l'aultre despence cy avant escripte, et ce pour ceulx qui hont cousé les tantes au davant de la monoye, compris deux jours pour sa vaccation, monte ceste parcelle, xvj s. j liart.

Item, plus poyé pour ung messagier qui a apporté une lectre missive de monsieur le commissere qui demandoyt de Jean Blanc de la ville,   vj s.

Item, plus poyé a monsieur le comissere Mᵉ Bazoge, envoyé a Romans de par le Roy pour fere abatre les oüvans, bans, talpans et pelles, pour l'en fere aller plustout que ne voulleyt et oucy pour sauver la riviere, la somme de xvj escus, a xxxvij s. t. la piece monte   XLIX fl. IIIJ s. t.

Item, plus poyé et delivrés és chapuys et aultres manevres cy apprés nommés, tant pour boys, postz, clouz, teylles es aultres chouzes par eulx delivrées, comme appert par les parcelles.

Denys Mahé.

E [1]

Memoyre soet que, le darnier de may 1521, l'on at presté a mosse Ponson Baudini, fiz de Roulan Baudini, de ceste ville, le livré de la Vie des Troys Dans, que l'on at joyé en ceste ville ; et ce par c'en aydera composer l'istoyre de la vie de sceint Ynasse [2], de la quelle at charge a escripvre ledit mosse Ponsun, dessoubz le mestre reverant de Sceint Bernard ; ayant charge de compozer la dicte vie sceint Ynasse, pour ycella fere joyer par le tans advenir. Le quel livre at promis randre, comme il conste aut papier de la matriculla.

R(egistrat)a aut papier de la matriculla.

F [3]

Assamblée faicte en la maison de la ville et chambre du conseil ce mecredi sincquiesme jour d'aust mil sincq cens vingt et huit.

De faire honneur a monsieur de Saint Pol. — Item, pour ce que monsieur le grand maistre de Rodes [4] vient voir monsieur de Saint Pol [5] et a requiz la ville luy faire aulcung honneur, et qu'il y a desja des enfans de la ville qui veulent aller jouer aulcunes chozes et farces, mais qu'ilz n'ont poynt d'abitz, a esté dict que la ville leur pourvoye d'abitz aux despans de la ville, qui soient legiers, a moyns de couste que faire se pourra.

Rostagni.

G [6]

Pareilhement l'an et jour que dessus (le xiijᵉ jour de avril 1530) et en ladite assemblée a esté arresté et concludz par la plus saine partie que dessus, que messieurs les consulz facent delivrer aux personnages qui

1. Papier roge des debtes de la ville, fᵒ 70.
2. Saint Ignace, évêque d'Antioche, martyrisé à Rome l'an 107.
3. Registre des assemblées du conseil de la ville (1522-39), fᵒ 150 vᵒ.
4. Philippe de Villiers de l'Isle-Adam, grand-maître de l'ordre des hospitaliers depuis 1521, avait perdu Rhodes en 1522; il reçut Malte de Charles-Quint en 1530 et mourut en 1534.
5. François de Bourbon, comte de Saint-Pol, gouverneur du Dauphiné de 1526 à 1537, mort en 1545.
6. Ibid., fᵒ 187 vᵒ.

joyent et font le mistere que ledit maistre reverend prescheur a bailhé pour fere joyer le vendredi sainct venant, pour donner bon exemple au populaire et pour soullager lesdits personnages de la despence que pour ledit mistere ilz pourront supporter, avecques l'eyde que messieurs de Sainct Bernard leur a faict, la somme de vingt florins monn.

J. Duboys.

H 1

Le xxvj⁰ jour du moys de mars mil V⁰ XXXIJ a la Incarnacion, en la chambre du conseil ont été.... pour traicter des afferes de la chose pu-blicque . . . .

A esté concludz sur l'affere que aulcuns des enfans de ceste ville vueul-lent jouer quelque mistere le vendredy sainct prochain venant, qu'ilz se surpercedent de jouer d'icy aprés Pasques quant ilz vouldront et qu'on prie monsieur le juge le leur fere deffendre.

I 2

Autre assemblée faicte le xme jour decembre dudit an (*1533*).

Plus, ont esté commys monsieur maistre Roux et monsieur maistre Adan pour fere ung livre pour reddiger toutes histoyres qui ont esté faictes pour les entrées du Roy et autres seigneurs susdits 3, et puys la ville leur satisfera de leurs poynes.

J 4

Memoyre que messieurs les consulz ont bailhé a maistre Francoys The-venoct, painctre, en la presence de messieurs messire Claude Thomé et Anthoine Chapuis, docteurs, juges de ceste ville, noble Humbert Chastain et Bertholmieu Brunact, Anthoine Trenact et plusieurs autres, une pille et trosseau faictz aux armes de la Reyne de France, lesquelz on avoit faict fere audit maistre Francoys pour monneyer certeynes piesses d'or pour faire present a ladite dame, si elle eust faict son entrée nouvelle en ceste ville, comme l'on pretendoit, avecques le Roy nostre sire ; et lequel pille et trousseau luy ont esté payez et les a en garde tant seullement de ladite ville : le premier jour de fevrier mil V⁰ XXXIIJ a la Incarnacion (*1534*) 5.

Il est ascavoir que la ville avoit semblablement faict fere ausdit maistre

---

1. *Ibid., f⁰ 221 v⁰.*
2. *Ibid., f⁰ 263 v⁰.*
3. *Cette relation, conservée aux archives de la préfecture de la Drôme, a été publiée par M. Emile* Giraud, *dans le* Bulletin de la société départ. d'archéol. (*1873*), t. VII, p. *77-100* (Valence, *1873*, in-8⁰ de *26* p.)
4. Papier roge des debtes de la ville, f⁰ *180* v⁰.
5. *En marge* : R(egistrat)a sus Fransayon.

Francoys troys autres pilles et trousseaulx aux armes de France, du daulphin et du conte de Sainct Pol 1, lesquelz la ville a donnez audit maistre Francoys en payement de ce que luy estoit deu.

Ce xiiijᵉ jour du moys de octobre 1540, maistre Francoys Thevenoct a rendu les trosseaulx et pille dessus dits a messieurs les consulz Felix Vache et Francoys de Bouys, en presence de sires Guillaume Forᴄs, Bertholmieu Berger, Francoys Reymond, Claude Bonardel et Pierre Chastillon et moy Jehan du Boys ; et les autres trousseaux et pilles luy sont demourez pour la fasson.

TAULIGNAN

Archives de la commune de Taulignan, registre 16 de la série CC
(archives départem. de la Drôme, E. 5986).

S'ensuit la mise et despance faicte par... Frances Gambus et Guillaume Giraud, alias Darut, consulz sive sindegues de Taulinham, et ce pour l'an mil Vᵉ XXIX 2.

Plus aven delivra en aquelles que joyueron la Passion, lour aven bailla . . . . xx fl. 3

VALENCE

Archives de la ville de Valence, registres des séries BB et CC obligeamment
communiqués par M. l'archiviste A. Lacroix.

A 4

DELIBERACIO CONSILII.

Anno Incarnacionis Dominice Mᵒ CCCCᵒ XXXVIJᵒ et die sabbati xx mensis aprilis, fuerunt congregati in domo Turris Jacobus de Salliente et Johannes Payrolerii, sindici, et cum eis Petrus Chanpelli, Guillelmus Lavenuti, Guillelmus Solerelli, Colinus Marchandi, Johannes Alamandi, alias Gaudache, pro Johanne de Viali, et Johannes Jausserandi, consiliarii civitatis Valencie. . . . .

Item fuit ibidem ordinatum quod dentur quatuor floreni sociis qui faciunt ludum seu exemplum et ystoriam miraculi sancti Jacobi, qui super hoc supplicacionem dederunt dictis sindicis et consiliariis.

---

1. *Ces précieux renseignements numismatiques complètent la* Note sur la médaille *de 1533 mise par M.* GIRAUD *à la suite de la relation de l'Entrée de François Iᵉʳ à Romans cette même année ; ils prouvent que les Romanais avaient fait frapper quatre médailles différentes, et que le soin de graver les coins avait été confié au peintre François Thévenot.*

2. *2ᵉ cañier, fᵒˢ 6 et 18.*

3. *En marge* : Lo joué.

4. *Eysso es le papiers dos negocis de la viala de Valensa (BB. 1), fᵒ lxiiij vᵒ.*

B 1

DELIBERACIO QUOD VILLA JUVET AD EXPENSAS FIENDAS PRO LUDO YSTORIE TRIUM MARTIRUM DE QUINQUAGINTA FLORENIS.

Anno Domini M° IIIJ^e LXXIIJ et die xxj mensis maii, convenerunt in Turri Johannes Jauberti, Johannes Chalheux et Franciscus Crosati, consindici, necnon Aymarus Borcerii, Johannes Aloudi, Franciscus de Genasio, Franciscus Borcerii, Anthonius Champelli, Johannes Bernardi, Petrus Perini, Damianus Solas, Laurencius Fayni 2.

C 3

Sequuntur deliberaciones facte in domo civitatis, die decima maii *(1487)*, per subnominatos, vocatos per Galterum Golis, tam super heremis, uno retro Sanctum Felicem, altero loco dicto en la Repentie Tordeonis, visitacione domus vocati Chabas, adjutorio lusorum historie sancti Johannis Baptiste, satisfactione domini judicis de Ambello, qui accessit ad congregacionem Trium Statuum.

Item, super requesta facta pro parte lusorum historie beati Johannis Baptiste, pro adjutorio habendo, fuit deliberatum quod juvetur eis de denariis civitatis usque ad quinquaginta florenos, prout factum esse dicitur in ludo Trium Martirum.

D 4

Deliberationes facte in domo civitatis, die tercia marcii LXXXIX *(1490)*, super facto jocundi adventus domini nostri dni Caroli regis dalphini.

Convenerunt ibidem. . . . .

Qui deliberaverunt quod, quia fuit dictum et pluribus vicibus continuatum quod serenissimus dominus noster Carolus, Francorum rex dalphinus, de proximo venturus est ad presentem civitatem velintque, ut tenentur, providere pro ejus jocundo adventu, tam super historiis fiendis, victualibus habendis ac domibus et hospiciis preparandis, fore commictandos ad premissa facienda qui sequntur.

Super historiis :

Primo dnus Franciscus Sextoris, Franciscus Borcerii, Eustachius Sextoris, Johannes de Salhien, Desiderius de Rua, Bermundus Achardi, Raymundus Vindrandi, Glaudius le Roy, Franciscus Corneti.

---

1. *Ibid.*, *f*° *cclxxx v*°.
2. *La suite de cette délibération n'a malheureusement pas été transcrite.*
3. Liber deliberacionum consilii universitatis civium Valencie *(BB.* 2), *f*° *189.* — 4. *Ibid.*, *f*° *257 v*°. *Voir l'article d'*OLLIVIER *(Jules)*, Recherches historiques sur le passage de quelques rois de France à Valence, *dans la* Revue du Dauphiné *(1837)*, *t. II*, p. *205 (tir. à part, p. ix).*

E [1]

Deliberationes facte in appoteca Mayaudi, die xviiɉ mensis jullii *(1492)*.
Convenerunt ibidem. . . . .
Fuit deliberatum quod tradentur Andree Bruierie quatuor florenos, in dyminucionem moralitatis per eum facte pro jocoso adventu domini nostri moderni Valencie **2**.

Deliberaciones facte in domo (civitatis), die ultima *(31)* jullii *(1492)* **3**.
Ibidem convenerunt . . . .
Fuit deliberatum. . . . .
Item similiter super habilhiamentis facecie sive moralitatis et morisque, quam etiam fieri deliberatum extitit, expensis comunitatis, arbitrio quorum supra.

Alia deliberatio facta in appotheca de Combis, die xiiɉª octobris, anno Domini Mᵒ IIIJᶜ LXXXXIJdo **4**.
Ibidem convenerunt . . . .
Fuit deliberatum . . . .
Item, quod fiant historie, prout dictaverit dominus de Salhiente, in locis congruis, pro honore domini, et exponatur usque viginti quinque aut xxxᵗᵃ florenos.

S'ansuit les comptes que je, Marsal Farnier, tresorier, ay receu pour la ville de Vallence l'année mil IIIJᵉ LXXXXIJ **5**.

6 Plus, que j'ey poyé a meistre Andrieu l'escripvein **7** pour une moralité qu'il fist pour la venue de monsieur de Valence, conste par deliberacyon, que monte. . . . . ff. iiiɉ gᵒ

8 Plus, que j'ey poyé audit Girault de Combes, pour la tara de deux veseaux vin blanc et claret, qu'il vandit a la ville pour la venue de monsieur de Valence, lequel vin ne primes pas, pour ansy n'en poyé pour ladite tara . . . . ff. vɉ gᵒ

9 Plus, que j'ey poyé ledit an, pour un drapt rouge que la ville fist venir de Lyon pour la venue de monsieur de Valence, tirant viiiɉ aulnez, que a xv gᵉ de roy l'aune et ung cirot pour aulne poyé a Jaques de Salles pour la victura et reve dudit Lyon, monte .. ff. xiiiɉ gᵒ viɉ d. xvɉ.

Plus poyé ledit an, pour viiɉ aulnez dymie taphetas turquin, que la ville fist venir auvecques ledit rouge, pour la venue de mondit seigneur, a ɉ fl. ladite aune . . . . ff. xviɉ gᵒ **10**.

---

1. *Ibid.,* *f° 331 v°.* — 2. *Jean d'Epinay (cf.* Die, doc. D). — 3. *F° 332 v°.*
4. *F° 339 (341) r°.*
5. *CC. 36,* 5ᵉ *cahier.* — 6. *F° iiij.*
7. *Rien, dans les dates connues de la vie* d'Andrieu *ou André de* la Vigne (Petit de Julleville, Mystères, *t. I, p. 328-9), ne s'oppose à le reconnaître dans l'escripvein de moralités ici mentionné.*—8. *F° vj v°.*—9. *F° x v°.*
10. *En marge:* Remaneant pannum et taffatas in manibus Poncii Mayaudi, sindici, ad utilitatem civitatis, quem pannum et tafatas idem se habuisse confessus fuit.

F 1

Deliberaciones facte in appotheca Francisci et Perononi Mayaudi, die xxj mensis marcii (*1494*).

Ubi convenerunt... scindici.. et .. cives Valencie,qui fecerunt deliberaciones sequentes :

Primo, quo ad adventum jocundum serenissime regine 2, fuit deliberatum quod provideatur de aliquibus duobus aut tribus ad hoc propiciis, pro conducendo per domos civitatis *le forier* dicte domine, et jam sibi visum fuit Johannem Bercerii et Gariotum Aloti esse ad hoc propicios ; et quod cum ipsi arbitrantur super ystoriis fiendis et invicem conveniant ac convocent quo sibi videbitur, et habeant conferenciam cum magistro Francisco Ploverii et magistro scolarum ac aliis in talibus expertis.

G

Deliberaciones facte in domo comuni civitatis Valencie, die vııj mensis maii, anno Domini mill'io CCCC° LXXXX sexto 3. .

Ubi erant... scindici necnon consiliarii dicte comunitatis. . . . . . .
SUPER DONO SERENISSIMI DOMINI NOSTRI FRANCORUM REGIS DALPHINI CAROLI OCTAVI.

Fuit deliberatum per quos supra quod fiat donum domino nostro regi dalphino, in ejus jocundo adventu, de ducentum scutis,tam in octo.peciis auri ad arma dalphinalia, quelibet viginti scutorum, quam in una tacca argenti XL. scutorum bene deaurati, in qua erunt reposite dicte octo pecie auri ; et quod tacea fiat parve forme, ut melius in ea se monstrent dicte octo pecic auri.

PRO CUSTODIA PORTARUM. — Item fuit deliberatum quod custodiantur porte civitatis, excepta porta Burgi, et quod scindici procurent de uno personagio in qualibet porta et conveniant cum eo pro quolibet mense ; et quod mandator mandet unum alium personagium per turnum ville in qualibet porta, cum ordinatione ad stipendia consueta.

Item, quod pro adventu domini fiat provisio de quindenis fascibus,quelibet precio trium grossorum, et apponantur arma ville in illis; et quod retineantur alti mimi loci Montilisii 4.

Item, quod scindici explorent a nominatis in quodam rotulo penes Aymarum de Columberia remanente quantum quilibet pro adventu Regis poterit numerare, et quod defuerit quod scindici cum Johanne de Combis,

---

1. *Ibid., f° 369 (370) r°.* — 2. *Anne de Bretagne avait épousé le roi Charles VIII le 6 décembre 1491.*
3. *Ibid., f° 419. Cf.* OLLIVIER *(Jules), dans* Rev. du Dauphiné, *l. c., p.205-6 (ix-x).*
4. *Montelier, commune de l'arrondissement de Valence (à 11 kilom.).*

Glaudio Ploverii, Francisco Mistralis, Marciali Farnerii provideant monetam de precio comunitatis quo poterit fieri.

H

Deliberationes facte in domo dicte comunitatis, die decima octava mensis octobris, anno predicto *(1498)* 1.

Ubi convenerunt scindici.., consiliarii, cives et incole. . . . .

Et primo quia, ut fertur, nepos sanctissimi domini nostri pape 2 applicuit Marcillie et est iter facturus et declinaturus usque ad hanc civitatem et ultra, cui magnos honores mandat impendi serenissimus dominus noster Francorum rex dalphinus ; propterea, ad ejus indignationem evitandam, fuit deliberatum quod describatur Francisco Mayaudi et in ejus absenciam Ludovico Gauterii in Avinione cum comorantibus, quod se informet cum domino gubernatore d'Ast de honnore predicto nepoti dicti domini nostri pape impendendo per communitatem et cives Valencie in suo jocundo adventu.

Deliberaciones facte.... xxiiij octobris, anno ... M° CCCC° LXXXXVIIJ° 3.

Item fuit deliberatum quod, in jocundo adventu nepotis sanctissimi domini nostri pontificis de proximo venturi, offerantur eidem duodene facium cere, ponderis cujuslibet   grossorum, ad baston ; item et duodene bostie drageie, quelibet duarum librarum; et pariter quatuor ponsoni vini, videl. duo vini albi et alii duo vini clareti, quilibet tenoris sex barrallium vel circa.

Item, ex deliberacione fuerunt commissi ad videndum, visitandum et faciendum preparari hospicia pro adventu jocundo predicti principis, videl. Aymarus de Columberia, Desiderius de Rua, Giraudus Berthelays, Petrus Rosseri et Urbanus de Mura.

Item fuit deliberatum quod sindici provideant de personagiis pro moriscando ad laudem dicti principis.

Deliberaciones facte in domo civitatis, xxvj octobris anno predicto *(1498)* 4.

Ubi erant . . . ., qui deliberaverunt ut sequitur, pro jocundo adventu magnifici principis nepotis sanctissimi domini nostri pape moderni Alexandri de proximo venturi.

1. *Ibid., f° 475 (476) r°.*
2. *Bien que son nom ne figure pas une seule fois dans ces documents, il s'agit incontestablement ici du fameux César Borgia, à qui Louis XII avait donné les comtés de Valentinois et de Diois au mois d'août précédent; il venait d'ériger en sa faveur le Valentinois en duché (octobre). Voir la bibliographie de ce personnage dans le Répert. des sources histor. du moyen âge, I, 333, et surtout le P. ANSELME, Hist. de la mais. de France, 3° éd., t. V, p. 522-3.*
3. *F° 476 (477). — 4. F° 476 (477) v°.*

Fuit deliberatum quod Poncetus Columbeti, ad hoc expertus, componat unam faceciam et illam, cum nobili G(uillelm)o de Genasio, Francisco de Bellocastro et Petro Robini, moderno principi (?) ludat; et quod scindicus receptor pro componendo faceciam ad honorem dicti principis et in eadem ludendo ac eciam pro hystoriis faciendis suum bonum consilium et advisamentum deinde det, et solvat eidem Ponceto quinque florenos et Petrus Robini eciam solvat xviij grossos. Hoc adjecto quod, si operetur in pictura aliqua pro hystoriis, quod sibi dabuntur pro qualibet die integra tres grossi; et quod dicti quatuor videant et arbitrentur que hystorie erunt propiciores, et quod bonum erit quod fiant, una in puteo Mutonis, alia in Rotulo Tabularum et alia in puteo juxta placetam Hominum; et quod remonstretur illis de ecclesia ut bonum esset quod aliquid faciant in platea Clericorum.

Deliberaciones facte in domo civitatis, die xxviij octobris anno predicto (1498) **1**.
Ubi erant........., qui deliberaverunt ut sequitur.
Et primo, continuando quid sit agendum in adventu jocundo magnifici nepotis sanctissimi domini nostri pape, fuit deliberatum quod ad concomitandum faceciam provideant scindici de duodecim facibus, et ad concomitandum hominem silvestrem qui est se exibiturus pro(vi)deant de duodenis facium; et quod quo ad hystorias faciant sindici fieri *le\ chaffaulx* et de lignis et aliis necessariis forisent cum chapusiis aut aliis meliori foro etc., facientque quod habeant mimos Montilisii **3** et mandent aliquem ad magnificum dominum gubernatorem d'Ast ad sciendum qualiter comunitas se in adventu dicti principis se habere debeat.
Item, super facto arrengue sibi fiende, fuit deliberatum quod dnus doctor Lugduni faciat in latino et reverendus magister scolarum in gallico, ut sit provisum utroque modo dicendi.
Item, quod provideant scindici de homine qui accedat ad dominum gubernatorem d'Ast, pro reportando advisamenta super agendis in adventu dicti principis futuri.
Item, eciam de alio qui habeat onus dirigendi et fieri faciendi hystorias in locis indicatis.
Item, ex deliberacione fuerunt commissi ad visitandum domos habitancium, pro logiando comitivam dicti principis et conducendo folrerias dum fuerint applicati....

Deliberaciones facte in domo civitatis die quarta novembris, anno... M° CCCC^{mo} LXXXX octavo **2**.
Primo, quod in jocundo adventu illustris principis ducis Valentinensis fiant torneamenta super equis in aere et solvatur fustirio qui laborabit usque ad xj seu duodecim aut xiiij flor., si pro minori precio fieri non possit.

1. F• 477 (478) r°. — 2. F• 477 (478) v°.

Item habeantur *le̦* *tabourins* et eciam mimi alii Montilisii.

Item fiat unum *branle morisque* per Reymundum de Sala, Guillelmum Borie et Damyanum de Cabeolo, et exponatur usque xxv flor., et sint duodene faces.

Item, quoad hystoriam magne carrerie fuerunt electi ad conducendum et providendum Aymarum de Columberia, Johannem Guinguier et Joh(annem) Michailhe.

Item, quod dicatur dno doctori Lugduni quod preparet se pro faciendo arengam, tam obviando super campis quam in civitate postquam fuerit logiatus principis *(sic)* ipse venturus in domo et donum sibi presentando·

Item, quod habeatur *le gros tabourin* et fuit ad hoc electus pro deferendo et tangendo Carolum *le Borelie,* et habeat secum tymbala et conductores illorum.

Item, quo ad habilamenta pro facecia, contribuatur usque ad summam xv flor.

Item, pro torneando fuerunt electi Nicodus Cellerius et vocatus *Bonnet le Chaussatier.*

Alie deliberaciones facte... v^{ta} dicti mensis novembris.... *(1498)* 1.

Primo fuit deliberatum quod fiat unum *branle* cum quin(que) personagiis et pro habilhiamentis capiatur de *taffetas,* et fiant honorifice ita quod non parcatur peccuniis, sine superfluo excessu nimio.

Item, quod provideatur de *taffetat* pro operimento equorum torneantium.

Item, quod mandetur posta cum litteris ville ad magnificum dominum locumtenens Dalphinatus pro habendo advisamenta super fiendis.

Deliberaciones facte... die festo beati Andree, ultima novembris *(1498)* 2.

Item fuit deliberatum quod domino de Porta, doctori Lugduni, pro arreigiis quas fecit coram domino duce Valentinensi dentur sex testoni novem grossorum cum dymidio.

I

Deliberaciones facte... xiiɉ mensis januarii, anno predicto *(1499)* 3.

Primo, ad videndum de hystoria Trium gloriosorum Martirum, que speratur fieri diebus festivis Penthecostes de proximo sequentis, fuit deliberatum quod conveniantur illi qui debent pro personagiis se in dicta hystoria presentare, ad fines habendi conferenciam, si fieri sub forma prothocolli antiqui aut si opus novum prothocollum facere.

Deliberaciones facte... die xxvɉ mensis junii *(1499)* 4.

Item fuit deliberatum quod tradatur liber originalis hystorie Trium

1. *Ibid.* — 2. F° *479 (480)* v°. — 3. *Ibid.,* f° *482 (483)* v°.
4. F° *497 (498)* r°.

Martirum cuidam fatiste, ut illum videat et ubi esset expediens et posset dictamen in melius ydyoma, hoc est magis placibile auditoribus, quod forisetur cum ipso et interim donec habita experientia ipsius fiant sibi expense expensis comunitatis.

Deliberaciones facte die xv mensis julii,anno M⁰ CCCC⁰ LXXXX nono 1.

Item,pro videndo et corrigendo,si opus fuerit,opus fatiste hystorie Trium sanctorum Martirum, fuerunt commissi dni Jo(hannes) de Bellocastro, Fran(ciscus) Sextoris canonici . . ., ad videndum opera fatiste et corrigendum, et per sindicum receptorem provideatur alicubi ubi fient sibi expense tempore quo laborabit et provideatur de necessariis in negocio.

Deliberationes facte in domo nobilis Francisci de Genasio 2, die tercia mensis januarii, anno Domini M⁰ IIIJ⁰ LXXXXIX ab Incarnatione su(m)pto (1500) 3.

. . . . . Qui fecerunt deliberationem sequentem, videlicet quod traderetur compositio rotulorum istorie Trium Martirum magistro Aymario de Quercu, prout eidem presenti et acceptanti prenominati scindici de consilio et consensu tradiderunt, pretio duodecim florenorum pro toto libro : quo mediante pretio, promisit per juramentum etc. restituere et tradere rotulos prime diey hinc ad duodecim dies, et tenere secretum originale conscriptum in quatuor cayeriis de prima die, continen. centum et duo folya scripta, et illud cum rotulis predicta die restituere; et dicti scindici nomine scindicario predictum pretium duodecim floren. dicto Aymario solvere prout laboraverit. Et ita promiserunt una pars alteri per juramenta, sub obligatione omnium bonorum etc., reddere dampna, se et bona curiis Valentinensi et Dalphinali supponendo, cum renunciationibus etc.

Deliberatio facta anno predicto Domini millesimo IIIJ⁰ LXXXXIX ab Incarnatione sumpto (1500) et die decima nona mensis januarii, in domo egregii viri dni Xpistofori de Salliente, decretorum doctoris, super ordine dando hystorie Trium Martirum de proximo, Deo dante, per personagia demonstrande 4.

. . . . Fuerunt congregati . . . . et ibidem intervenerunt dicti dnus officialis venerabilesque dni Johannes de Bellocastro, Fran. Sextoris, canonici ecclesie Valentinensis, honorabilesque viri Franciscus Mistralis, Jacobus Borie, scindici, nobilis Fran. de Genasio, Johannes de Combis, Glaudius Ploverii, Uxtachius Sextoris, Perononus Mayaudi, Johannes et Guill(elm)us de Genasio, Johannes Borceri, Johannes de Salliente senior,

---

1. F° 498 (499) v°.
2. Voir sur ce personnage, qui eut son importance et dont il a déjà été question sous la date du 21 mai 1473, l'Histoire de la maison de Génas [par le comte de BALINCOURT], 1879-82, p. 13-25. Guillaume de Génas, dont nos documents parlent au 26 octob. 1498 et au 19 janvier 1500, était son fils oadet (p. 24) et Jean de Génas, dont ils font mention aux 9 et 16 février 1516, son fils aîné (p. 25). — 3. F° 511 (512) r°. — 4. F° 512 (513) v°.

Ludovicus de Salliente, Aymarius de Columberia, Ludovicus Manhani, Anthonius Ruffi, Pe(trus) Joh(ann)is, dnus Fortunatus de Sala, canonicus, Stephanus de Tribus Roulis, Franciscus Barbe, Amedeus Vindrandi, Guill(elm)us Lamberti, magister Bertrandus Morelli, Felix de Bellocastro, Felix Martelli, Giraudus Lamberti et Gariotus du Guet, qui ex deliberatione facta deputaverunt ad distribuendum et pro distribuendo rotulos dicte hystorie personis quibus sibi melius videbitur et congruencius convenire, videlicet dnos Johannem de Bellocastro, Fran(ciscum) Sextoris, canonicos, Glaudium Ploverii, Garitum du Guet, Giraudum Lamberti, Guill(elm)um de Genasio, Franciscum de Bellocastro et quatuor ex ipsis.

7

Liber deliberationum consilii universitatis civium hujus civitatis Valencie 1, incoatus Deo favente die   mensis aprilis, anno Dominice Incarnationis millesimo quingentesimo 2, et hoc in domo communi dicte civitatis, ubi erant congregati et vocati ... de mandato honorabilium virorum Jacobi Borie, Giraudi Lamberti, Andree Gensonis, conconsulum et scindicorum dicte civitatis, inferius nominati.

Videlicet. . . ., qui fecerunt deliberaciones que sequntur :

Primo, quia proposuerunt et deliberaverunt consules et scindici ac cives dicte civitatis facere demonstrari et ludi per personagia misterium et hystoriam trium sanctorum martirum Felicis, Fortunati et Achilei, qui reduxerunt a lege paganica ad fidem catholicam cives et habitantes tunc temporis dicte civitatis, quam amplexi sunt inde successores et firmiter tenuerunt, et moderni cives et habitantes tenent et perpetuo eciam successores eorum tenebunt, per festa proxima solennitatis sanctissime Penthecostes, Altissimo permittente, in platea Clericorum dicte civitatis ; et quia opus est quod cooperiatur telis seu *bouras*, fuit propterea per quos supra deliberatum quod comitteretur consulibus, prout eis commissum extitit, ac Marciali Farnerii et Francisco Barbe et aliis quos vocari secum voluerint, quod perquirant aliquem seu aliquos qui recipiant onus dictam plateam cooperiendi meliori for(ma) quo fieri poterit suis sumptibus et expensis, providendo de telis seu *boras* et cordailhiis necessariis.

Deliberaciones facte in domo civitatis, die tercia mensis julii, anno Domini M° quingentesimo . . . . 3.

Et primo, quia instat tempus dierum sanctissime Penthecostes, quibus speratur, Deo dante, quod hystoria et misterium martirii gloriosorum trium martirum sanctorum Felicis, Fortunati et Achilei publice demonstrabitur in platea Clericorum hujus civitatis, fuit deliberatum quod requirantur domini de ecclesia ut dignentur, pro majori reverencia et honore debitis dictis tribus sanctis martiribus, facere deferri super loco fer-

1. *BB. 3, f° 1 r°.* — 2. *Pâques fut cette année-là le 19 avril.* — 3. *F° 3 r°.*

cium reliquiarum eorumdem, et quod ibi singulis diebus trium dierum Penthecostes per unum ex deputatis martiribus publice ante incoacionem misterii celebretur una missa, et quod non pulsentur vespere donec finito misterio cujuslibet diei ; et ad hoc faciendum fuerunt commissi Glaudius Ploverii, Marcialis Farnerii, Johannes Masseti, Franciscus Mistralis et Felix Marcelli, qui super premissis requestam facere habeant.

Item, pro custodiendo parcum ubi fiet misterium predictum infra, fuerunt deputati Johannes de Combis, Johannes Masseti, G(uillelm)us Lamberti, Giraudus Lamberti, Franciscus Mayaudi.

Item, pro custodiendo extra parcum, fuerunt electi . . . .

Item, quod non teneantur porte civitatis aperte, nisi porte Sancti Felicis et Pomperii, et quod custodiatur porta Sancti Felicis per janitores stipendiari, et quod notificetur hominibus burgi quod faciant custodiri portam suam.

Item et quod, durante misterio, fiant excubie et ad hoc fuerunt deputati . . . ., et quod manilherius Sancti Johannis illo durante non exeat campanille.

Deliberaciones facte in domo nobilis Francisci de Genasio, ubi consilium erat congregatum, die xvIJ* mensis junii, anno Domini M*quingentesimo 1.

Item, quia hospes Mutonis, qui fecit expensas magistro Glaudio Chivaleti, fatiste misterii Trium Martirum,non voluit contentari in moneta debili pro eo quia convenerat, ut dicebant ambo,pro quolibet mense in centum solidis monete regie, fuit declaratum quod pro expensis ad quas tenetur comunitas solventur hospiti predicto viginti septem floreni parve monete.

Item, quia fuerunt de positis telis tendute platee qua fuit factum misterium predictum, fuerunt comperte alique fracte, propterea fuerunt commissi ad videndum cujus culpa et taxandum. . . . .

Item, pro audiendo computa expensarum factarum in ludo misterii Trium Martirum, fuerunt commissi. . . . .

Deliberaciones facte . . . die undecima mensis septembris, anno predicto Domini mill'io quingen^mo quarto 2.

Item fuit deliberatum, quod congregetur et recolligatur in domo civitatis in una capsa totus ludus ystorie Trium Martirum, prout habere potuerit usque quo potuerit perfici.

K

Deliberationes facte. . ., die xxIJ^a januarii, anno Domini mill'io quingen^mo quinto (1506) 3. . . . .

Et primo, quia reverendus in Xpisto (pater) et dominus dnus Gaspardus

1. F* 4 r*. — 2. F* 114. — 3. Ibid., f* 173 v* -174 r*.

de Turnone, provisione appostolica episcopus Valentinensis, quamdam litteram missivam dictis consulibus Valencie destinavit 1,qua cavetur ip-sum dnum Gaspardum de proximo velle suam intratam facere et posses-sionem episcopatus Valentinensis adhipiscere. . . . .

Item, (quia) neccesse est ut aliquis vir doctus in sua intrata faciat lin-guam ad honorem ipsius dni Gaspardi, fuit deliberatum quod reverendus magister Reginaldus de Florido hujusmodi linguam faciat et, in deffectu ipsius, egregius vir dominus Ludovicus Rambaudi, jurium doctor.

Item, super coreis, farciis et jocunditatibus fiendis in sua intrata, fuit deliberatum et conclusum quod mandetur magistro Glaudio Chavaleti Vienne, ut veniat ad presentem civitatem Valencie ad fines faciendi ali-qua farsicula ad honorem ipsius dni Gaspardi ; vel, si ipse magister Cha-valeti nollit venire, quod aliquis qui intelligat materiam ad dictam civi-tatem Vienne transmictatur, sumptibus ipsius civitatis Valencie.

Deliberationes facte. . . die vicesima nona mensis januarii anno V^mo quinto *(1506)* 2.

Item, et quia r. d. d. noster Gaspardus de Turnone, episcopus Valen-tinensis, destinavit alias suas licteras domnis consulibus, per quas man-

---

1. *A la mort de l'évêque Jean d'Epinay, les voix des chanoines de Valence et de Die se partagèrent entre Urbain de Miolans et Charles de Tournon. Le 24 mars 1503 (n. st.), les doyen, prévôt et chanoines de Valence, en leur nom et à celui du chapitre de Die (par procuration du 17), notifièrent son élection* nobili et generoso dom. Carolo de Turnone, sancte Sedis apostolice pro-thonotario, infra sacros etiam presbiteratus ordines constituto, *lequel,* re-graciato de honore sibi impenso, duxit respondendum quod deliberabit et faciet que erunt juris (Archiv. départem. de la Drôme, E. 2558, f° V° lxj (417) r°); *le 5 avril suivant, sur la présentation de l'acte notarié de sa nomi-nation,* captavit terminum juris ad ipsam electionem acceptandam aut re-futandam (*ibid.*, v°). *Le 1er juillet 1504,* rev. in X° pater dom. Urbanus de Myolano, s• Sedis apostolice prothonotarius,ellectus confirmatus ecclesia-rum Valentinen. et Diensis, *chargea à Vienne* (in domo d. Humberti Pey-rolerii, jurium doctoris, canonici et sacriste s° Viennensis ecclesie et de Romanis) nobilem Petrum de Primelay, priorem de Aineyo, Carnoten. dio-cesis, *de prendre possession de ses évêchés* (mêmes archives, E. 2557, f° ccx); *ce qui fut exécuté le lendemain* (*ibid.*, f° ccxiij). *Le jour même de l'acte de pro-curation,* Guillermus Palmerii, decretorum doctor, canonicus et camera-rius Sancti Pauli Lugduni, vicarius generalis. . . reverm^i in X° pat. et dom. d. Anthonii de Claromonte, concorditer in presulem s• Viennensis eccle-sie via Spiritus Sancti electi. . ., citra montes constituti, *se déclara judici-airement contre Charles de Tournon et confirma l'élection d'Urbain de Miolans, non obstant l'opposition de Théodore de Saint-Chamond, abbé de Saint-Antoine* (*ibid.*, f° ccxj). *Urbain figure en juillet 1505 dans le* Registre des délibéra-tions du chapitre de Saint-André de Grenoble (f° ccclxxxv v°) : dom. Urba-no domino de Myolano, sacrosancte Sedis apostolice prothonotario, in ec-clesiis Valentinen. et Dyensi episcopo electo et confirmato ac preposito dicte ecclesie (Archiv. départem. de l'Isère). *Aucun des deux compétiteurs ne l'emporta et les deux sièges unis échurent à Gaspard de Tournon, qui fit son entrée solennelle à Valence le dimanche 8 février 1506 et à Die le dimanche 15 suivant.*

2. *F•* 174.

dat certis prepeditus negociis non posse adhuc suam intratam facere, sed quod in brevi faciet et eisdem domnis consulibus notifficabit, fuit deliberatum et conclusum quod, notifficata sibi die intrate fiende,fiat prout fuit deliberatum.

Item, et quo ad magistrum Glaudum Chivalet, factistam farciarum, qui non vult complere facesiam inceptam donec arrestato cum consulibus quantum sibi tradetur, uerunt comissi et depputati honorabiles viri domni consules et alter ips um Peyrenonus Mayaudi, Palamides de Sala, Ponsonus Jobert, qui cum odem conveniant tam de viagio, vaccation(ibus) et suis expensis meliori l ro quo fieri poterunt, et quod accordanda per ipsos solvatur per consues sumptibus civitatis.

Item, et quo ad farcias et morisquas neccessario fiendas pro adventu domini fuit deliberatum, visis compotis Aymarii de Columberia, consulis de tempore intrate domini d'Espinay, quod Ponsonus Joberti, Achileus de Cumbes cum suis consortibus faciant farcias et moriscas cum personis neccessariis ut convenit, et quod induantur vestibus sive auquetonis satini boni fini; et provideant de omnibus neccessariis, excepto fatista, et quodeis tradantur et solvantur centum et decem floreni infra quindecim dies proximos, et quod fiat honoriffice sumptibus et cum honore civitatis, et quod decopentur abilhamenta ut honorifficius fiat.

Deliberationes facte. . ., die mercuri quarta mensis februarii, anno V^{mo} quinto (1506) 1.

Et primo, quia reverendus d. d. Gaspar de Turnone, episcopus Valentinensis, per suas licteras mandavit civitati suam intratam novam facere die dominica proxime ventura, fuit conclusum quod super contentis in licteris portitori verbo fiat responsum et quod nichil in deliberatione scribatur.

Deliberationes facte. . ., die mercuri undecima mensis februarii, quingentesimo quinto (1506) 2.

Item, et quia reverendus dominus episcopus Valentinensis est de proximo ad civitatem Diensis accessurus, ex quo honestum esse videtur ipsum comitare per certum itineris spatium. . . . 3.

Item, et quia per certos particulares fuit advisatum reverendum patrem magistrum Reginaldum de Florido varios labores fecisse in faciendo multiplices arengas domino nostro episcopo, ex quo meretur nedum suam bonam raupam, sed eciam quid preciosius sibi legitime comparasse. . .

1. F° 175 r°. — 2. F° 176.
3. *Les habitants de Romans exprimèrent plus tard de leur côté le désir de recevoir le prélat, mais rien ne prouve que Gaspard de Tournon ait déféré à leur requête, dont le souvenir s'est conservé dans le* Carnet des commandemens de Jehan Milliard *pour 1516, f° 21 v°* : Plus poyé par le commandement des consulz, le xxvij° jour de mars (1517), a Bergerat qui porta une lectre que lesdits consulz ont envoyé a maistre Cluset, secretere de monsieur de Vallence, pour savoir si mondit sieur de Vallence viendroit riens en ceste ville et en a apporté responce, iij s. t.

L

Deliberationes facte in domo civitatis, die xxv mensis jugnii, quingen. undecimo 1.

Et primo, quia nudius forerii regis domini nostri et regine, nostrorum principum, ad hanc civitatem applicuerunt, inthimantes consulibus et comunitati quod ipsi principes nostri cum maxima comitiva ducum, procerum et primatum Francie ad hanc presentem civitatem deliberaverunt venire 2, quod est jocundissimum ultra quod dici possit eisdem habitantibus, merito fuit deliberatum . . . .

Item et fuit deliberatum honoriffice fieri intratam et facere tetendere per civitatem de longitutine magne carrerie, facere historias et palos honorabiles, unum videlicet regis ex veluto cum grana et regine ex veluto *bleu*, et depputentur ad defferendum. . . ., et facere depingi arma Dalphinalia portarum civitatis.

3 Notandum quod, anno Domini millesimo quingentesimo undecimo et die martis prima mensis jullii, xpistianissimus dominus noster rex Ludovicus et Anna, cristianissima ejus contoralis, supremi nostri principes, eorum jocundum adventum fecerunt in civitate Valencie per portam Turdeonis, usque domum episcopalem, et fuerunt honorabiliter recepti per consules et cives Valencie, primo ante et supra locum Burgi in lictore Roddani et prope pratum Ludovici de Salhiente; et facta fuit arrenga per dnum Reginaldum de Florido,curatum. Quos commictabantur illustri principes et proceres, dominus Karolus de Angolisma, dux Angolisme, dux Lotorongie, comes Nyvernensis, comes Vandosme, dominus de Vaulgonot, dominus d'Orval, comes Longue Ville et Dunensis, dominus Borbonii et duccecia, cardinales Ferrarie,Sancti Severini archiepiscopi Viennensis,cardinalis Prie, tam nobiles quam archiepiscopi et episcopi, quorum numero civitas fuit replecta, et dicebatur contineri decem millia equites : qui principes mansionem fecerunt usque xvij augusti, ipseque bonus princeps infirmos *des escrueles* duobus diebus curavit.

Deliberacio facta in domo civitatis,die xiiij augusti quingen.undecimo 4.

1. *BB.4*, *f⁰ 11*. *Cf.* OLLIVIER *(Jules), dans* Rev. du Dauphiné, *l. c., p. 206-8 (xj-xiij)*.
2. *Louis XII et Anne de Bretagne vinrent en bâteau de Grenoble (dont les registres consulaires de 1498 à 1511 sont depuis longtemps perdus) à Romans, où ils arrivèrent le 27 juin* (Bulletin, t. IV, p. 122-3; plus haut, p.*25-7); *ils en repartirent le 1ᵉʳ juillet, pour se rendre à Valence par l'Isère et le Rhône*.
3. *F⁰ 12 v⁰*.
4. *F⁰ 15. Dans la délibération du 31 janv. 1512 (n. st.),il est encore question de la conduite de la reine Anne à Lyon :* Johannes de Cumbis. . . de recompensacione data per d. n. regem pro voytura d. n. regine de xx modiis salis, videl. IXᵉ flor., proviso quod super eisdem sibi computentur C scuta auri ad solem, comunitati per ipsum mutuata pro jocundo adventu d. n. Francorum regis (*f⁰ 23 r⁰*).

Et primo quia Petrus Robert, videns civitatem in promptu non habere peccunias pro conducendo Reginam apud Lugdunum, se obtulit nomine et ad honorem civitatis conducere eamdem dominam nostram Reginam et furnire omnia neccessaria, proviso quod civitas det sibi decem scuta auri : fuit deliberatum et conclusum quod, non obstante paupertate civitatis, quod consules ipsam dominam nostram conducant, ad fines ut honor perpetuus civitatis remaneat, et quod fiat rotulus super apparentes ad manuievandum peccunias, qui remboursabuntur de primis peccu(n)iis civitatis.

M

Deliberationes facte in domo civitatis, xxɪɪdᵃ mensis novembris quingen. decimo quinto 1.

Et primo, quia voce publica fertur serenissimam principem nostram reginam 2 ad presentem civitatem venire de proximo, et pro ipsam una cum ejus generosa propagine, non quantum debeatur, sed quantum potest recipiendum faciendumque neccessaria, fuerunt commissi consules, una cum nobilibus Francisco de Bello Castro, Achileo de Cumbis, Francisco Mistralis, Johanne Jobert, ad omnia et singula neccessaria neccessario fienda.

Item fuit deliberatum quod proclametur, auctoritate domⁱ episcopi et ad consulum instanciam, quod quilibet habeat removere imundicias, trabes, fustes in carreriis existentes et quod nullus habeat proicere imundas aquas, quodque habitantes animalia fetida, sicuti porcos, capreas, vaccas et alia, habeant extra civitatem removere et aufferre et in campestris retrahere, adeo ne aliqua molestia inferatur tante nobili principi, unusque aliquis de civibus conqueratur ; et pro premissis exequtioni deducendis fuerunt commissi et depputati : Guillermus Borcerii, Johannonus Chaloys, mercatores Valencie.

N

Deliberationes facte in domo civitatis, die xvɪ mensis januarii 1515 (1516), ad sonum campane 3.

Super venuta regis et regine, quod alloquatur cum apparentibus civitatis de modo habendi peccunias et alias, prout consul melius facere poterit.

Deliberationes facte in domo civitatis, die xɪx mensis januarii 4.

Et primo quia, ut fertur, serenissimus princeps dominus noster Franciscus, Francorum rex, una cum sua contorali a proximo sunt venturi et ad fines veritatem sciendi, fuit deliberatum mandari apud Stellam et inde ad partes Provincie Raymondum de Sala aut Giraudum Lambert, filium Guillelmi Lambert ; et quia pro faciendo intratam neccesse erit peccunias manulevare, quia civitas in totum ad presens non habet. . . . .

1. *Ibid., f° 88 v°.* — 2. *Louise de Savoie, régente de France depuis le mois de juillet ; son fils, le roi François Iᵉʳ, était alors en Italie.*
3. *F° 93 r°. Cf.* Ollivier *(Jules), dans* Rev. du Dauphiné, *l. c., p. 208-9 (xiv-v).* — 4. *F° 93 v°.*

Deliberationes facte in domo civitatis, die xxiij mensis januarii 1.

Et primo,quo ad jocundam intratam et venutam serenissimorum nostrorum principum de novo venturam, et quia comunitas in promptu non habet unde furnire . . . .

Item et quo ad cetera neccessario fienda pro dicta intrata,que eciam ingenuositatem requirunt ultra furnimentum peccuniarum, ut quilibet senciat honorem et comodum, fuerunt commissi nobilis Franciscus de Bellocastro, Achiles de Cumba, Johannes Jobert, una cum Francisco Mistralis, qui circa farcesias, moriscas, pavimenti ornamenta vigilent et alios eorum jussu laborari et invigilare precipiant.

Deliberationes facte in domo civitatis, die secunda februarii 2.

Et primo, quia ad presens civitas non habet in comuni unde subvenire intrate serenissimorum principorum nostrorum regis et regine de proximo in civitate presenti celebrande . . . .

Deliberationes facte in domo civitatis, die nona februarii 3.

Item, quod in nova intrata domini nostri regis dalphini confirmentur libertates civitatis et quod prosequatur exemptio gencium armorum, et pro premissis fiendis dentur dona ad discrectionem consulis.

Item quo ad portationem paliorum regis et regine fuerunt electi, videlicet pro rege consul Fabri, nobilis Johannes de Genasio, Achiles de Cumbis et Franciscus de Bello Castro,et pro palia regine Petrus Joberti,Franciscus Mistralis, Johannes Sextoris et Giraudus Lamberti.

Item, quo ad dona neccessario fienda officiariis diversorum statuum, fuit deliberatum quod dentur prout alias fuerunt donata in intrata bone memorie Ludovici regis ultimo victa functi, ad discrectionem consulis.

FRANCISCUS REX PRIMUS 4. — Ad cunctorum noticiam eluscescat quod⁚ anno Incarnacionis Dominice millesimo quingentesimo decimo quinto et die jovis decima quarta mensis februarii *(1516)*, serenissimus princeps et dominus noster dom. Franciscus, Dei gracia Francorum rex dalphinus, una cum clarissima domina Glaudia ejus conthorali 5, ac inclita domina Ludovica, regens Francie, genitrix ejusdem domini, pariter venustissima ac supramodum decora domina ducessia Alansonis 6, domᵃ dux Alensonis 7, dux Gebennensis 8, cum pluribus proceribus regni, supremoque magno consilio ac cancellaria regia, intraverunt civitatem Valencie, hora circa quarta post meridiem. Quibus obviam accesserunt plures ex dominis apparentibus civitatis, econtra iter tendens apud Stellam, et in itinere

---

1. *Fᵒ 94 rᵒ.* — 2. *Fᵒ 94 vᵒ.* — 3. *Fᵒ 95.*
4. *Fᵒ 95 vᵒ.* — 5. *Claude, fille de Louis XII, mariée à Francois Iᵉʳ le 18 mai 1514.* — 6. *Marguerite d'Angoulême ou de Valois, sœur de François Iᵉʳ, duchesse d'Alençon depuis son mariage avec le suivant (3 oct. 1509).*
7. *Charles IV, successeur de René au comté d'Alençon en 1492, mort à Lyon le 11 avril 1525.*
8. *Philippe de Savoie, évêque, puis comte de Genevois en 1509, devint duc de Nemours en 1528.*

arengam brevem licet perspicacem eidem domino nostro regi fecit egregius dom⁶ Antho(n)ius de Dorna, jurium doctor 1, ex parte consulum electus, presente me.   DE CONCHIIS, secretarius.

Deliberationes facte in domo civitatis, die decima sexta februarii quingentesimo XV 2.
Item fuit deliberatum dari serenissime domine regenti Francie, ut inter-
veniat pro nobis erga regem, videlicet usque ad valorem centum scutorum auri in duabus medalhiis.

Deliberationes facte, die xvij februarii 1515, in domo civitatis 3.
Et primo,quia in presenciarum dona danda principibus nostris applicuerunt, fuit deliberatum ipsa portari apud Sanctum Valerium per dom.
consulem Fabri, dom. Anthonium de Dorna, nobilem Johannem de Genasio et Franciscum Mayaudi, et in ejus deffectu per Ponsonum Joberti, qui
faciant prout circa premissa fiendum erit.

O

Deliberations et conclusions pour le bien et utillité de la ville de Valence, le xiij de may mil Vᶜ XXIJ, auprés de l'Isere les Chasteau Neuf 4
a la part du Daulphiné ... 5.
Item, que l'on face dans la ville dire tous les jours une messe a l'on-
neur des glorieulx trois martirs patron d'icelle, oultre l'autre ordinaire et
journellement par cy devant ordonnée, pour prier Dieu le Createur voloir
paciffier sa justice et a nous donner santé; et que l'on face extreme dili-
gence de metre sus pour jouer l'estoire desdits glorieulx martirs le plus
tost que fere se pourra.

Deliberacions faictes au lieu de Chasteau Neuf ..., le xᵉ d'aoust mil
Vᵉ XXIJ 6.
Item, a esté dit et conclut faire continuer la messe des Trois Martirs,
que l'on a comencé de dire pour la santé de la cité.
Que les consuls complissent le pelerinage que a esté promis à monsieur
sainct Anthoine en Viennois, ainsi que les commis estans en la ville ont
voué et promis.

Deliberations faictes le vendredi xᵉ de avril mil Vᶜ XXIIJ 7.
Et premᵗ ensuyvant la deliberation et conclusion faicte au conseilh ge-
neral de jouer le mistere des sainctz Trois Martirs, et pour icelle comen·
cer du commandement de Valence et des commis soit venu maistre Mere-

1. *Cf.* Bull. de la soc. d'archéol. de la Drôme (*1881*), *t. XV, p. 336-7.*
2. *Fᵒ 96 rᵒ.* — 3. *Fᵒ 96 vᵒ.*
4. *Les consuls s'étaient retirés à Châteauneuf-d'Isère (11 kilom. de Valence),*
à cause de la contagion qui décimait leur ville.
5. *Fᵒ 188.* — 6. *Fᵒ 189 vᵒ.* — 7. *Fᵒ 195 vᵒ.*

sote factiste pour fere ledit jeu, ont esté commis les nobles. . ., qui donc-
ront tous ensemble ou quatre et deux d'entre eulx l'ordre qui leur samblera aux despens de la ville; et tous les despens qui sur ce se feront les consulz furniront et luy seront allouées en leurs comptes sans difficulté.

Deliberations fetes . . . le ɪɪᵉ de janver mil Vᶜ XXV (1526) 1.

A esté deliberé que les commis pour la venue de monsieur le legat 2
mandent ung home a cheval en Avignon, pour aler querir ung fatiste qui
besoignera en farce pour ladicte venue, et que monsʳ le chanoyne Sextre
ou monsʳ le maistre Moreton luy en escripvent.

xᵉ de janver. . . . 3 : A esté advisé que les consulz parlent au chanoyne
Sextre, et que sachent en quoy il prandra plaisir pour les poynes qu'il prend
pour la ville pour la venue de monsieur le legat, et que la ville luy donne
ung presant jusques a douze escus.

xɪx de janvier. . . . 4 : Et premierᵗ que l'on paye au fatiste de la farce six
escus, et ses despens de l'alée et venue.

xxvɪɪ de janver. . . 5 : A esté deliberé que l'on abilhe les joueurs de la
farce que l'on fera pour la venue de monsieur de Valence de taffetas
blanc avec un bort de provanche.

Deliberations faictes . . . le segond de mars mil Vᶜ XXV (1526) 6.

Et pour retirer les abilhemens aprestés pour la venue de monsieur de
Valence, ont esté commis. . ., qui les retireront.

Du jeu des Trois Martirs, que les consulz scripvent aux painctres pour
y donner ordre et aussi pour faire la provision du boys neccessaire.

Le mercredi xɪɪɪɪᵉ de mars Vᶜ XXV (1526) : . . . 7 Ensuyvant les aultres
deliberations sur ce faictes a esté deliberé que le jeu des glorieulx martirs se jouera a la feste de Pentecostes prochaines, a l'aide de Dieu, et
que le consul Huet pregne de l'argent de Sausses pour achapter de boys
pour les chaffaulx.

---

1. Fᵒ 244.
2. *François-Guillaume, fils de Tristan, baron de Castelnau et de Clermont-
Lodève, grand archidiacre de Narbonne, évêque de St-Pons à 21 ans (17 novembre 1501), élu archevêque de Narbonne le 22 juin 1502, cardinal prêtre
du titre de St-Étienne in Cœlio Monte le 29 novemb. 1503, archevêque d'Auch
le 4 juil. 1507, ambassadeur de Louis XII à Rome la même année, obtint la
légation d'Avignon en 1513, à la mort du cardinal de Nantes* (Fᴀɴᴛᴏɴɪ Cᴀs-
ᴛʀᴜᴄᴄɪ, Istoria della città d'Avignone e del contado Venesino, 1678, t. I,
p. 353-66); *il devint évêque de Frascati (Tusculum) le 16 décemb. 1523,
administra les évéchés de St-Pons (1511-4), de Valence (1524-31) et d'Agde
(sept. 1531-) et mourut à Avignon en 1540, doyen des cardinaux.*
3. Ibid. — 4. Fᵒ 244 vᵒ. — 5. Fᵒ 245 rᵒ.
6. Fᵒ 246 vᵒ. — 7. Fᵒ 247 vᵒ.

Et, quant a l'antrée des vins en consideration dudit jeu et de l'exterilité de ceste année, a esté remis de tout a la discretion des consulz selon les qualités des personages, et que les consulz en facent come leur samblera.

Monsieur le consulz Jaques Vichard, ayent bon zele a la execution dudit jeu, a promis donner et donne dix escus a la ville, si ledit jeu se joue a la feste de Panthecostes prochaines ; lesquelx dix escus a payé en ces comptes, en ung item de la despence des vivres des estapes.

Et Jehan Bruere a promis prester pour ledit jeu dix florins pour ung an advenir.

Deliberations faictes. . . le xxij* de mars M V^c XXV *(1526)* 1.

. . . Lesdits consulz ont requis Nicolas Chanalet, Jehan Lobat et en leurs personnes leurs compaignons, a qui la ville avoit donné a prisfaict faire les eschaffaulx du jeu, qu'ilz ayent a parfaire et complir leurdit prisfaict des eschaffaulx, aultrement ont protesté de tous donmages et interestz et retardation dudit jeu. Lesquelx Chanalet et Lobat. . . ont respondu qu'il leur est impossible de fournir de boix, a cause des grans neges qui sont encores es montaignes ; et, quant aux interestz, se soubmectent a la discretion d'estre a l'ordonnance de messieurs du conseilh et des commis.

Item ont commis a messieurs les consulz sire Francois Mistral, Felix Peccat, pour a   incter avec les gens que l'on a mandé querir pour la farce du jeu des saincts martirs et de les fere contenter.

. . . . . Ce vint sixiesme de mars *(1526)* 2.

Du jeu des trois martirs a esté dict, que le consul Huet ailhe a Romans parler a maistre Francois le painctre et, selon qu'il advisera avec luy, mandera ung home de pié devers messieurs les balifs de Valence et Sainct Pol pour avoir de boix.

Deliberations fetes. . . ce samedi xij* de may V^c XXVJ 3.

Et premierement, touchant la tauxation des chambres du chaffault, eles seront tauxées par numero selon le numero, le lieu, grandeur et valeur, et pour ce faire sont commis messieurs les chanoynes de Sales, Mistral, sire Pierre Jobert, noble Jehan de Genas, Monsieur de Montiligier, Francois Barbe; et quant aux chaffaulx! pendens ont esté tauxés pour ung chascun et chascun jour ung soulz, et parmy ce que nul n'y meyne anfans que ne sont de age de dix ou douze ans.

Item, pour commectre gens a visiter les chaffaulx s'ilz sont surs, a esté deliberé que le consul des mesteraulx ailhe a Romans pour avoir des chapuys et aussi de ceulx des adoubz, et prier monsieur le capitaine Conflans, monsieur le grenetier Jobert pour y voloir venir et les visiter.

Item et pour commectre gens pour garder les portes et entrées des eschaffaulx, aussi les portes de la ville et fere garde quant le jeu comencera a esté deliberé que le consul face ung rolle des gens ydoines, tant pour

1. F° 248 v°. — 2. F° 249 r°. — 3. F° 252 v° -253 r°.

recevpoir l'argent des entroges des chaffaulx que aussi pour faire guet pour la ville, et prier monsieur le corrier avec sa familie voloir fere la main forte de la justice pour conserver la ville et habitans d'icelle, et que l'on face fermer les portes de la ville, hors mis le guischet de la porte Sainct Felix.

Item et touchant les capitaines que le consul a mis tant a la porte de Sainct Felix et de Rosne, aux gaiges pour ung chescune porte et chescun moys de cinq florins, a esté ratiffié ce que ledit consul leur a promis payer

Le xiiijᵉ jour de may mil VᶜXXVJ, furent assemblez en la maison de la ville (de Romans) messieurs les consulz, conseillers et commis dessoubz nommez.... 1.

Plus, a cause que aulcuns de messieurs de Parlement doivent dessendre de Grenoble, pour venir au jeux de Vallence a la Penthecouste prochaine, il a esté concludz que messieurs les consuls leur facent fere a force presens de vin et autres, cellon qu'ilz verront estre neccessere 2.

Deliberations faictes... le xx de may VᶜXXVJ 3.

Et premierement, touchant le taux des chambres du jeu, ont esté tauxées les basses a quinze soulz le pié, et les haultes à douze soulz, excepté que de la premiere joignant enfer sera rabatu trois soulz pour pié, de la segonde deux soulx et de la tierce ung soul tant des basses que haultes.

Et quant aux officiers de monsieur de Valence, que demandant six chambres, a esté deliberé qu'il en auront quatre en payant comme dessus, commectant a leur fere responce a messieurs . . . .

Deliberations faictes... ce vendredi xxv de may VᵒXXVJ 4.

Et premierement, que monsieur le consul paye vint escus que la ville a promis a maistre Jaques Pastissier, faiseur de fainctes, et ces despens, a sire Jehan de Bonot aultres vingt escus et ses despens, a frere Jaques prescheur six escus, comprins deux qu'il a eu, et ces despens, a maistre Mathieu le pametié dix florins.

Touchant monsieur le corrier et aultres, qui ont servi au jeu et au tiers que aultrement, lesquelx demandent taxations, sont commis les consulz ...

1. Registre des assemblées de la ville de Romans (1522-39), fᵒ 104 vᵉ.

2. *François* JOUBERT, *de Valence, parle de cette représentation dans ses Mémoires, dont M. Edm. Maignien a commencé la publication dans* Le Dauphiné ; *nous devons communication à l'obligeant conservateur de la bibliothèque de Grenoble de l'extrait suivant* (Doc. sur le Dauphiné, R. 80, T. 18, pièce 1347, fᵒ 36 rᵉ) :

L'année 1526 fut faict le jeu des Trois Martirs dans Vallence ; lequel fut admirablement bien faict, dont le discours est tout en long aux f. 69, 70, 71, etc. du livre des *Memoires* du sieur Jean Joubert, chevallier du Sainct Sepulcre, duquel jeu estoint tous les principaux de l'Esglise et des bourgeois, en nombre de vingt et deux personnes, comprins la femme de monsieur de Dorne, qui representoit Nostre Dame, et Suzanne de Genas, qui representoit saincte Colombe.

3. Archives de Valence, *BB. 4.* fᵒ 253 rᵉ.

4. Fᵒ 253 vᵉ -254 rᵉ.

qui taxeront selon qu'ilz auront servi, parmy ce qu'il soint pris a serement de ce qu'il bailheront par parcelle.

Touchant ceulx qui ont derrobé et detiennent l'argent des entrées et auront fauciffié les seignaulx et marques, a esté dit que l'on en face faire monition et excomunication jusques a la malediction.

Touchant la messe cotidiene des glorieulx martirs, a esté deliberé que consul les face dire et continuer jusques a ce que aultrement sera deliberé, a six cars pour messe et chescun vendredi la passion.

VIENNE

Archives de la ville de Vienne, registres de la série BB, obligeamment communiqués par M. l'archiviste-bibliothécaire J. Leblanc, et autres sources spécialement indiquées.

A

Extrait du

COMPTE DE JACQUES DE LA TANERIE, MAITRE DE LA CHAMBRE AUX DENIERS DU DUC DE BOURGOGNE, PHILIPPE LE HARDI, CONCERNANT LE VOYAGE DE CE PRINCE DANS LE DAUPHINÉ ET LE VALENTINOIS EN 1395 [1].

Le samedi xvᵉ jour dudit mois de mayl *(1395)*, Monseigneur tout le jour à Lyon.

Le dimanche xvіᵉ jour dudit mois de may, Monseigneur disner à Lyon, giste à Vienne.

Le lundi xviiᵉ jour dudit mois de may, Monseigneur disner sur la rivière entre Vienne et Soyon [2], giste audit Soyon.

Le mardi xviiiᵉ jour dudit mois de may, Monseigneur disner sur l'iaue es batiaus, giste au Pont Saint Esperit [3].

---

1. Archives de la préfect. de la Côte-d'Or, *B. 1503 bis. C'est à* M. GACHARD *que nous sommes redevable de l'indication de ce compte, à l'aide duquel il a dressé l'Itinéraire de Philippe le Hardi du 1ᵉʳ févr. au 31 déc. 1395* (Collection des voyages des souverains des Pays-Bas, *1876, t. I, p. 9-13). Le duc, après avoir séjourné à Lyon du 2 au 16 mai* (cf. *Ant.* P[ÉRICAUD], Notes et docum. pour l'hist. de Lyon depuis 1350, *p. 30), en compagnie des ducs de Berry, oncle comme lui, et d'Orléans, frère du roi de France, se rendit à Avignon pour engager l'antipape Benoît XIII à mettre fin au schisme par une demission volontaire. Il arriva avec eux à Villeneuve-lez-Avignon le 22 mai et en repartit le 11 juillet. Dans ses Anecdotes sur les ducs de Bourgogne de la seconde moitié du XIVᵉ siècle* (Bull. de la soc. des sciences histor. et natur. de l'Yonne, *1883, t. XXXVII), M. Max.* QUANTIN *parle des voyages de Philippe-le-Hardi (p. 11-3) en 1367-72 et 1394 (par erreur pour 1395).*

2. Soyons, *sur la rive droite du Rhône, commune du canton de Saint-Péray* (Ardèche).

3. *Pont-Saint-Esprit, sur le Rhône, chef-lieu de canton du départᵗ du Gard,*

Le mercredi xix* jour dudit mois de may, Monseigneur tout le jour au Pont Saint Esperit.

Le dimanche xi* jour dudit mois de juillet, Monseigneur disner à Villeneuve, giste à Baigneus 1.

Le lundi xiiᵉ jour dudit mois de juillet, Monseigneur disner au bourc Saint Andry 2, giste à Viviers.

Le mardi xiii* jour dudit mois de juillet, Monseigneur disner à Baiz 3, giste à Soyons.

Le mercredi xiiiiᵉ jour dudit mois de juillet, Monseigneur disner à Estain 4, giste à Saint Valier.

Le jeudi xvᵉ jour dudit mois de juillet, Monseigneur disner à Aubenue, giste à Vienne.

Le venredi xvi* jour dudit mois de juillet, Monseigneur disner et giste à Lyon sur le Rône.

B

ORDINACIO COMMEMORACIONIS PASSIONIS DOMINI NOSTRI JHESU XPISTI
ET RESURECTIONIS EJUSDEM 5.

Anno Domini millesimo CCCCᵐᵒ, die xxiij mensis maii, existentes in capitulo fratrum Predicatorum Vienne persone, cives et habitantes Viennenses inferius nominate, voluerunt, ordinaverunt et consencierunt quod, in proximo festo Penthecostes Domini, fiat et celebretur in presenti civitate Vienne commemoracio sacratissime Passionis domini nost.i JHESU Xpisti per personatus bene et honoriffice, ut melius fieri poterit ; suntque et fuerunt consensus quod, in auxilium expensarum et missionum fiendarum occasione premissorum, applicentur et solvantur de communi vini dicte civitatis triginta franchi auri, valentes quadraginta florenos, consensu et licencia domini superioris 6 prehabitis. Fuerunt enim presentes et consencientes : venerabilis vir dnus Anthonius Grandis, legum doctor, Jacobus Ysimbardi, Guigo Constagni, Bartholomeus Combe, Petrus Pis-

1. *Bagnols, sur la Cèze, chef-lieu de canton du départᵗ du Gard ; on le trouve désigné sous le nom de Baingneux en 1461* (GERMER-DURAND, Diction. topogr. du départ. du Gard, *1868, p. 18).*
2. *Bourg-Saint-Andéol, sur le Rhône, chef-lieu de canton de l'Ardèche.*
3. *Baix, sur la rive droite du Rhône, canton du départᵗ de l'Ardèche.*
4. *Tain, sur la rive gauche du Rhône, chef-lieu de canton de la Drôme.*
5. Hec est papirus negociorum comunitatis civitatis Viennensis, incohacta anno Domini mill'io tricenᵐᵉ nonagesimo nono, die tercia mensis febroarii, qua die fuit celebratum festum sancti Blasii, in quo festo consueverunt creari, ordinari et fieri consules et sindici dicte civitatis. . . . (BB. 2), fᵒ iij vᵒ.
6. *Charles IV, en nommant le dauphin vicaire de l'empire dans le Viennois et dans les provinces du royaume d'Arles (1378), avait révoqué la juridiction de l'archevêque de Vienne ; le dauphin faisait exercer ses fonctions par le gouverneur du Dauphiné. Cette situation dura jusqu'au traité du 18 août 1405, qui déclara la juridiction temporelle de Vienne commune entre l'archevêque et le dauphin.*

toris, Stephanus Ravanelli, Gononus Escofferii, Stephanus Raffornerii, Jacerandus Chomardi, Johannes Coponis, Guido Laurencii, Jacobus Constagni, Guillelmus Neyrodi, Andreas Barbillonis, Guillelmus de Columberio, Petrus de Villa, Ruguerus Chamoys, Bartholomeus Arbrelle, Petrus Marganti, Hugo Cristini, Johannes de Chastagneno, Arthaudus de Ulmo, magistri Stephanus Sabaterii, Guillelmus Albi, Symondus de Guimon, Perononus de Pressino, dompnus Petrus de Barey, rector Sancti Severi, magister Johannes Bayreti, rector scolarum Viennensium, magistri Jacobus Baudichonis, locumtenens dni officialis Vienne, Johannes Goneti, clericus, coram nobis notario.

ALTER CONSENSUS SUPER FACTO COMMEMORACIONIS PASSIONIS XPISTI, SUPER SOLUCIONE EXPENSARUM ET MISSIONUM FACTARUM ET SUSTENTARUM [1].

Notum sit omnibus quod, cum commemoracio Passionis sacratissime domini nostri JHESU Xpisti per nonnullos cives et habitantes Vienne, ad laudem et honorem Dei, ordinata fieri extiterit in presenti civitate Vienne per personatus, et eciam Resurectio ejusdem domini nostri JHESU Xpisti; et deinde laudabiliter factum et perfectum in monasterio Sancti Petri foris portam Vienne, videlicet in cimiterio ejusdem monasterii. Et occasione premissorum fuerunt facte et sequte magne expense et missiones, ultra expensas et missiones personatuum, que non includuntur nec computantur, quia persone que personatus fecerunt de suo proprio persolverunt, tam pro salario magistri Johannis Gorio, alias Galaot, magistri dicte istorie, quam pro expensis salario magistri Johannis de Ligio, qui gorgiam inferni fecit et dictavit, quam pro pictoribus et picturis finste, ferraturis, salario carpentariorum et aliis expensis occasione premissorum factis et sustentis, ut infra particulariter declaratur, usque ad summam sex viginti quatuor florenorum undecim grossorum et unius lyardi, ut in computo inferius inserto continetur. Verum, in auxilium solucionis dictarum expensarum, nonnulli ex civibus et habitantibus Vienne, quorum nomina inferius sunt descripta, gratis dederunt summas infrascriptas, que ascendunt quadraginta unum florenos decem grossos : de quibus fuit recuperatum usque ad summam triginta sex florenorum duorum grossorum; restant ad recuperandum quinque floreni octo grossi, qui recuperari non potuerunt. Et sic, deductis et computatis dictis triginta sex florenis duobus grossis receptis de et pro dicto dono, restant ad solvendum de dictis expensis et missionibus circa quatuor viginti et decem floreni. Sane nonnulli ex civibus et habitantibus dicte civitatis voluerunt et concesserunt solvi et applicari in auxilium solucionis dictarum expensarum de commune vini dicte civitatis summam quadraginta florenorum, prius habita licencia domini superioris. Postmodum extiterit supplicatum dalphinali excellencie, quatenus dare et concedere vellet licenciam dictam summam ad solvendum restantem persolvendi de commune vini dicte civitatis : que dalphi-

1. *F° iiij r°.*

nalis excellencia suas super hoc concessit literas dno judici curie imperialis et temporalis civitatis Vienne directas, que inferius sunt inserte. Qui quidem dnus judex, videlicet dom. Guillelmus Garnerii, in utroque jure baccallarius, receptis dictis literis dominicalibus cum debita reverencia, pro ipsa justifficacione ordinavit et voluit recipi per me notarium et secretarium comunitatis dicte civitatis consensum sanioris partis dicte civitatis super contentis in dictis literis. Hinc est quod, anno proxime dicto, die xvj mensis junii, persone infrascripte voluerunt et concesserunt, volunt et concedunt quod, de summa et precio seu firma dicti comunis vini solvantur et assignentur pro expensis predictis dicti quatuor viginti et decem floreni auri, habito prius consensu dicti dni judicis et comissarii, inclusis tamen aliis quadraginta florenis in alio consensu predicto supra scripto contentis : primo Guillelmus Albi, Guigo Constagni, Bartholomeus Combe, Stephanus Raffornerii, Franciscus de Alamenco, Ruguerus Chamoys, Bartholomeus Arbrelle, Hugo Cristini, Guillelmus Neyrodi, Jacobus Ysimbardi, Poncetus Alamandi, Armandus Feucherii et Andreas Barbillonis. Item, die xx mensis junii, persone infrascripte eodem modo consencierunt, videlicet magister Guillelmus de Champellis, licenciatus in medicina, Reynaudus Morelli, Petrus Constagni. Item, die xxj dicti mensis junii, persone infrascripte eodem modo consencierunt, videlicet Petrus Pistoris, Stephanus Ravanelli, Johannes de Turre, Gonunus Garnerii, Guillelmus de Columberio, Anthonius Rodulphi, Arthaudus de Ulmo, Petrus Fenori, Franciscus Columbi, Stephanus Combe, Petrus de Verfay, cives Viennenses; coram me secretario predicto.

SEQUNTUR EXPENSE ET MISSIONES DE QUIBUS SUPRA FIT MENCIO 1.

Primo, expense facte in hospicio Johannis Coponis per magistrum Johannem de Ligio, qui fecit os seu gorgiam inferni et dictavit, et pro expensis ejus famuli, qui continue fuerunt et vacaverunt . . . x flor. iiij g. ascend.

Item, Jacerando Grossi, pro postibus, clavellis et alia fusta ab eo habitis pro dicta gorgia . . . . v flor. dymid.

Item, Guillelmo de Prioratu, pro fusta magne turris, pro pilono et pro furchis inde, et pro salario suo et famulorum suorum. . . . . . iiijᵒʳ flor.

Item, gueynerio Viennensi, pro suis jornalibus et pellibus per eum traditis pro dicta gorgia . . . . xxij gross.

Item, Guillelmo pictori Viennensi, pro ejus salario, pena(et) labore per eum habitis et sustentis pingendo, et pro coloribus et picturis per ipsum traditis . . . . xj flor. x gross.

Item, Jaquemete, relicte Jacobi de Clauso, appothecario, pro octo torchiis cere habitis ad eadem pro illuminando et serviendo de nocte, et pro aqua ardente habita ab eadem pro inferno. . . . . . . viij flor. x gross.

Item, Stephano Brocherio, pro parvis circulis habitis ab eodem pro dicta

1. F• iiij v•.

Contraste insuffisant
NF Z 43-120-14

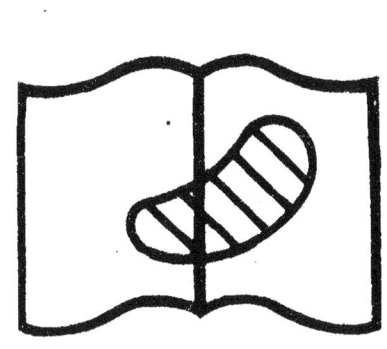

Illisibilité partielle

Valable pour tout ou partie
du document reproduit

gorgia et pro suis pena et labore habitis abtando et preparando dictos circulos . . . . vj gross.

Item, Johanni Colunges, carpentario, pro decem jornalibus suis et famulorum suorum qui fecerunt infernum, et pro quinque magnis circulis et duabus duodenis parvorum circulorum ab eo habitis. . iij flor. v gross.

Item, vocato Guers, servienti carpentarii, pro septem jornalibus suis. . . . . xviij gross.

Item, tribus pictoribus de Lugduno, qui fuerunt et vacaverunt tribus diebus pingendo infernum et alia neccessaria, cuilibet pro die octo grossi pro salario et expensis, ascendit . . . . vj flor.

Item, Petro Genoveysii questori, pro decem octo linteaminibus ab eodem habitis pro inferno. . . . . xxti gross. ij t. g.

Item, pro salario dicti magistri Johannis de Ligio, qui fecit et dictavit infernum, et venit gratis, et est homo status et honoris, et bene servivit, x flor.

Item, Colino Borserio, pro occulis inferni faciendis . . . . . vj gross.

Item habuit et recepit Anthonius Cellerii, qui fecit, supportavit et ministravit expensas minutas factas pro inferno . . . . ij flor.

Item, pro duodecim linteaminibus habitis a Johanne de Sancto Porsano . . . . ij flor. iiij gross.

Item, pro quibusdam aliis minutis expensis factis et malevatis occasione premissorum, quod esset longum scribere et recitare . xv gross. iij liard.

Item, pro locario quatuor equorum locatorum, habitis pro aducendo dictum magistrum Johannem de Ligio et pro suo regressu et eorum expensis . . . . xiij gross. j t

Item, pro quodam corio equi habito a Johanne de Colonia . iiijor gross.

Item, pro decem fayssiis riorcarum emptis. . . . . vj gross.

Item, pro tribus libris cole et pro clavellis crucis . . . viij gross. dym.

Item, Johanni Bonerii, carpentario, pro quatuor jornalibus suis et expensis . . . . j flor.

Item, pro salario convento dare magistro Johanni Gorio, alias Galaot, magistro istorie predicte , ... xl flor.

Item magis eidem, quia bene servivit et maximam penam sustinuit, pro una veste . . . . x flor. i

Sequitur eciam donum predictum, de quo supra fit mencio, et nomina personarum que dictum donum fecerunt [2].

Primo, venerabilis vir dom. Johannes de Ponte Alberti, officialis Vien-

1. *Nous ne savons pas où le rédacteur des analyses inscrites, au milieu du XVIIIe siècle, en marge de ces registres a pris que la dépense fut faite tant pour celuy qui representat le Sauveur que l'on crucifiat, mais a qui l'on n'enfoncat pas les clous ni que l'on ne fit pas mourir, qu'aux autres personnes qui servirent a cette sainte representation.*

2. *F^e v r^o. Nous retranchons dans cette énumération tous les souscripteurs (au nombre de 8ᵉ) pour des sommes inférieures à un florin ou dont les noms n'offrent aucun intérêt historique; le montant de leur souscription s'élève à 267 gros 1/3, soit 22 florins 1/4.*

nensis . . . . ɪ」 franchi.

Item,dom. Anthonius Grandis, ɪ fran. Item,magister P.deContamina,ɪɪɪ」 gr.

Item, dom. Johannes Ponceti, ɪ fran. Item, mag.Aymo baccall(arius),vɪ gr.

Item, Guillelmus de Opere . ɪ flor. Item, magister Henricus de Bigni-

Item, Berthetus Payrolerii, ɪɪɪ」 fran. no . . . . ɪ」 gr.

Item, Petrus Genevesii . . . ɪ flor. Item, curatus Sancti Martini, vɪ gr.

Item, Gonius Greolati, . . . ɪ flor. Item, Petrus Folignonis . . ɪ flor.

Item, curatus Sancti Petri inter Ju- Item, Peyretus Levy, judeus, vɪɪɪ gr.

deos . . . . ɪ」 gr. Item, Savarinus, judeus . . ɪ fran.

Item, Franciscus Boyssardi . ɪ flor. Item, curatus Beate Marie Veteris,

Item,dom.prior Sancti Martini, ɪ flor. . . . . ɪɪɪɪ gr.

Item, dom. Bartholomeus archidi(a- Item, magister Guillelmus de Cham-

conus) . . . . vɪ gr. pellis . . . . ɪ flor.

PRECEPTUM QUINQUAGINTA FLORENORUM PRO EXPENSIS ISTORIE PASSIONIS
GUILLELMO DE COLUMBERIA, CENSERIO, ET HUMBERTO BARRALIS, RECEPTORI
COMMUNIS ANNI CURRENTIS Mᵒ CCC LXXXXVIIJ ACCENSATI ₵.

Anno Domini Mᵒ CCCCᵐᵒ, die vɪ mensis julii, Bartholomeus Ravanelli,
Franciscus de Alamenco, Guillelmus Castaneti, Nycolaus de Burgo et Jani-
nus de Chareres, consules civitatis Vienne, visis literis excellentissimi
principis dom. gubernatoris Dalphinatus et ejus venerabilis consilii, nec
non literis dni judicis curie imperialis Viennen., comissarii ab eodem dno
gubernatore deputati, simul annexis, inferius insertis; preceperunt Guillelmo de Columberia, censerio, et Humberto Barralis, receptori dicti communis vini dicte civitatis anni LXXXXVIIJ sibi accensati, quatenus de
summa firme dicti communis debita tradant Jacobo Ysimbardi, Guigoni
Constagni et Bartholomeo Combe, civibus Viennensibus, pro solvendis
expensis factis ratione istorie Passionis domini nostri JHESU Xpisti facte in
presenti civitate, quinquaginta florenos auri, de quibus computare et computum ac racionem reddere tenebuntur, etc. Actum Vienne, presentibus
Petro Pistoris, Johanne Coponis et Jacerando de Croso, notario, testibus,
etc. J. BOYSSARDI.

ALIUD PRECEPTUM QUINQUAGINTA FLORENORUM PRO EXPENSIS ISTORIE PRE-
DICTE PASSIONIS HUGONI CRISTINI, CENSERIO, ET JOHANNI GOMETI AC JOHAN-
NI PERONERII, RECEPTORIBUS DICTI COMMUNIS ANNI PRESENTIS.

Anno, die, loco et presentibus quibus supra, dicti consules, visis literis
dominicalibus predictis, infra insertis, preceperunt Hugoni Cristini, censerio, et Johanni Gometi ac Johanni Peronerii, receptoribus communis vini
anni presentis, quatenus de summa firme dicti communis tradant dictis

7. F· ν νᵒ.

Jacobo, Guigono et Barth(olome)o, pro solvendis expensis istorie Passionis predicte et Ressurectionis domini nostri JHESU Xpisti, alios quinquaginta florenos, de quibus ut supra computare et computum ac racionem reddere tenebuntur, etc.   J. BOYSSARDI.

TENOR LITERARUM DOMINICALIUM PREDICTARUM 1.

C

CONSENSUS ET ARRESTUM PRO SERVICIO MAGNIFICI ET POTENTIS VIRI DOMINI GAUFFREDI LE MEINGRE, DIT BOSSICAUT, GUBERNATORIS DALPHINATUS, IN ET PRO SUO NOVO ADVENTU 2.

Anno quo supra *(1400)*, die secunda mensis decembris, existentibus in aula Petri Vilete providis viris Bartholomeo Ravanelli, Francisco de Alamenco, Guillelmo Castaneti, Janino de Chareres, Johanne Pannelli, Johanne Salamonis, consulibus et sindicis civitatis Vienne. . . ., habitis inter ipsos colloquio et deliberacione, arrestaverunt quod ex parte universitatis dicte civitatis serviatur dicto dno gubernatori 3 in suo primo adventu

1. *Le texte n'en a pas été couché sur le registre.*
2. *F* xj *r°.*
3. *Geoffroy le Meingre, dit Boucicaut, fils cadet du maréchal Jean I*er*, fut nommé gouverneur du Dauphiné par Charles VI le 1*er* avril 1399. — Les Romanais, avisés* super eo quod refferebatur dom. Gaufridum le Mengre, dictum Bucicau, dominum de Borbone, cambellanum et consiliarium regium, gubernatorem Dalphinatus, *multum indignatum esse contra habita*tores dicte ville, *envoyèrent à Grenoble Jean Forest, dit Coppe, et noble Etienne Flamigii, pour apaiser cette grande colère par des présents : le gouverneur se radoucit et accepta* gratanter une *demi-douzaine de coupes d'argent, qui coûtèrent 20 francs en sus des 200 écus d'or votés par le conseil* (Papirus universit. ville Romanis *de 1394 à 1410, f° 97, délib. du 23 avril 1402). — Boucicaut revint à Vienne le lundi 20 octob. 1404, accompagné de plusieurs conseillers delphinaux, et déclara la juridiction de l'archevêque Thibaud de Rougemont, à Vienne et en Dauphiné. unie à la mense delphinale (22 oct.); le prélat prononça sur le champ contre lui et ses complices une sentence d'excommunication (Archives départem. de l'Isère, B. 3253), dont le gouverneur appela et finit par être absous, en 1406, par Simon Breyssaud, vicaire-général et official de Vienne (mêmes archives, B. 3151). — Aymar DU RIVAIL (De Allobrogibus, édit. de Terrebasse, p. 500) et CHORIER (Hist. de Dauph., t. I, p. 404) ont parlé des difficultés qu'il se créa pour avoir fait enlever et emprisonner à la Côte-St-André le baron de Montmaur. Avec l'approbation du roi (Paris, 24 février 1404 v. st.), les États du Dauphiné, réunis à Grenoble, décidèrent, le 4 avril 1405, la levée d'une taille de 6000 écus pour subvenir aux frais du sire de Clermont, qui, accompagné de leurs procureurs, devait aller en France exposer au roi et à son conseil les actes tyranniques du gouverneur (mêmes archives, B. 3259). On était aux plus mauvais moments de la folie de Charles VI, et la série des pièces relatives à cette affaire témoigne de l'esprit versatile de ses conseillers et de la rivalité des régents, vrais maîtres du royaume. Cette taille, dont le recouvrement fut successivement révoqué, confirmé, renvoyé et repris, fut réduite à 3000 écus : le 10 janv. 1406, les Ro-*

Vienne, videlicet de decem somatis boni vini, de decem sestariis avene ad mensuram Viennensem, de duabus duodenis torchiarum et aliarum duodenarum librarum torticiorum cere et duarum duodenarum librarum conficture ; et ita voluerunt et consencierunt omnes supra nominati, coram me J. Boyssardi.

ORDINACIO SERVICII VIRI POTENTIS ET MAGNIFFICI DOMINI GAUFFRIDI LE MEINGRE, DICTI BOCICAUT, GUBERNATORIS DALPHINATUS 1.

Anno Domini millesimo CCCCᵐᵘ primo, die xj mensis aprilis, convocatis in ecclesia Sancti Petri inter Judeos Vienne, per. . . servientem consulatus dicte civitatis, videlicet saniori parte civium ejusdem civitatis, pro nonnullis statum et honorem dicte universitatis tangentibus, ut idem serviens retulit ; comparentibusque et personaliter existentibus ibidem. . ., videlicet providis viris octo consulibus. . . nec non. . . ., habito tractatu et colloquio multiplici inter ipsos cum deliberacione sufficienti. . ., fuit inter ipsos loqutum, tractatum et finaliter arrestatum et conclusum quod, in novo et jocundo adventu supradicti dni gubernatoris, serviatur et eidem presentetur ex parte universitatis predicte donum gratuytum duodecim cupparum argenti, ponderis duodecim marchas argenti fini, quinque somate vini clari obtimi et una duodena torchiarum, ponderis quelibet tres

---

manais s'occupèrent d'une tallia seu leva *de 3 gros par feu* facta pro expensis factis per banneretos (Papirus *cité, fᵒ 142). Le duc d'Orléans avait été chargé de l'examen des extorsions et abus de pouvoir reprochés au gouverneur par les ambassadeurs des États* (13 *décemb.* 1405), *et le conseil delphinal délégué pour informer des crimes imputés aux officiers de Boucicaut (4 août 1406). Déposé à la suite de plaintes réitérées (mém. arch., B. 3176), il fut néanmoins maintenu dans son gouvernement le 12 septemb. 1406 (ibid. et B. 3259). Il eut définitivement pour successeur Guillaume de Layre, le 21 avril 1407 (ANSELME, Mais. de France, t. VI, p. 754). — Les États de la province n'en poursuivirent pas moins la revendication de leurs griefs contre lui, ainsi qu'en témoignent les deux passages suivants du* Papirus universitatis ville Romanis *cité : (fᵒ 163 rᵒ, 18 avril 1408)*. . . Pro electione fienda de novo receptore ad exhigendum dymidiam talliam, noviter ordinatam et factam per sindicos die lune.. que fuit xvj dicti mensis aprilis, de uno flor. pro foco contra homines et populares dicte ville, pro solvendo expensas per dnos banneretos factas tam Parisius quam alibi, super prosequcione cause quam habebant. . . contra et adversus dom. Bussicaut le Mengre, olim gubernatorem Dalphinatus. . . . . ; (fᵒ 177 rᵒ, 25 *mars 1409*). . . Sindici et incole ordinaverunt fieri et perequari in dicta villa Romanis unam mediam talliam pro solvendo Petro Audoardi, exactori cujusdam magni subsidii facti et indicti in toto Dalphinatu pro nonnullis expensis factis Parisius et alibi in prosequcione cause habite per patriam Dalphinatus contra olim gubernatorem vocatum Brissicaudum. . . . — *C'est sans doute le fils aîné de Boucicaut, Jean (ANSELME, l. c., p. 755). qui figure dans le* Liber preceptorum Johannis Choneti, receptoris ville de Romanis, *pour l'année* 1475 : (fᵒ 34,14 *octobre 1476)*. . . Ad se ipsum retineat : . . . . item solvit Johanni le Maigre, preposito marescallorum, qui taxavit victualia gentium armorum, videl. iiij fl. ij g.

1. *Fᵒ xviij vᵒ.*

libras cere, loco alterius doni ordinati per alios consules anni preteriti, ut supra in presenti papiro continetur.

Suivent divers mandats de payement.

D

SEQUNTUR PRECEPTA DUCENTORUM SCUTORUM AURI, PRO DONO FACTO SERENISSIMO PRINCIPI DOMINO NOSTRO DNO ROMANORUM REGI IMPERATORI, EX PARTE UNIVERSITATIS VIENNENSIS PRESENTATORUM IN SUO ADVENTU JOCONDO IN CIVITATE VIENNE ET TRANSITU, EUMDO PRO UNIONE ECCLESIE AD CIVITATEM NARBONE 1.

Notum sit omnibus quod, cum nuper, anno presenti currente M° CCCC XV, die veneris secunda mensis augusti, ex parte universitatis dicte civitatis fuerunt dati et presentati serenissimo et excellentissimo principi domino nostro dno Romanorum regi imperatori 2, pro suo adventu jocon-

---

1. Registrum novum universitatis Vienne, de gestis per consules ejusdem civitatis, factum per me Franciscum Boyssardi, notarium secretarium consulatus et universitatis (*BB. 4*), *f° xxxiij v°*.
2. *Sigismond réunit sur sa tête bon nombre de couronnes, dont on trouvera les dates initiales dans le* Répert. d. sourc. hist. du moy. âge (c. 2086). *Il se rendait alors à Narbonne, pour renouveler avec plus d'autorité (au nom du concile œcuménique de Constance), mais non moins inutilement, les démarches infructueuses faites, vingt ans auparavant, par le duc de Bourgogne auprès de l'antipape Benoît XIII, pour le décider à renoncer au pontificat. Cet empereur, dont un contemporain ne trouvait pas le pareil dans l'histoire depuis Charlemagne* (à tempore Caroli Magni nescio si fuit similis illi, *dans* MARTENE, Thes. nov. anecd., t. II, c. 1630 *pour son dévouement à l'Eglise, n'a pas encore été l'objet d'un de ces volumes de* Regesta, *dans la rédaction desquels les Allemands excellent et qui rendent tant de services à l'histoire spéciale et à la chronologie. Nous serions réduit, pour son double voyage dans nos contrées, à la* XXXII° *pièce annexe* (Beilage). Regesten u. Itinerar des römischen Königs Sigmund vom 1. Juli 1414 bis Schluss des Jahres 1419, *jointe par* Jos. ASCHBACH *au tome II de sa* Geschichte Kaiser Sigmunds (*Hamburg*, 1838-45, 4 vol. in-8°), *si divers documents locaux, dont plusieurs voient ici le jour pour la première fois, ne nous venaient en aide pour préciser avec exactitude son itinéraire. Dès le 28 mai 1415, le concile désignait quatre cardinaux, qui devaient accompagner Sigismond dans son voyage à Nice, par la Savoie* (HARDT, Œcumen. Constant. concil., t. IV, p. 264-5), *où il s'engagea de se trouver au mois de juin* (Edm. de DYNTER, Chron. ducum Brabantiae, édit. de Ram, t. III, p. 279; MARTENE, op. cit., cc. 1635, 1637, 1639; *l'antipape avait promis de son côté de s'y rendre, mais il prétexta plus tard la trop grande distance qui le séparait de cette ville pour lui préférer Narbonne. Trompés peut-être par un texte comme celui de* Thierry de NIEM (dom. Sigismundus ad multas mundi partes perrexit, ad regem Franciæ primum, deinde ad regem Angliæ, deinde Narbonam una cum oratoribus concilii, *dans* ECCARD, Corp. histor. med. ævi, t. I, c. 1538), *des historiens supposent un voyage de Sigismond à Paris, en mai 1415* (WURTH-PAQUET, *dans* Public. de l'instit. de Luxembourg, t. XXV, p. 203, *époque où il assistait régulièrement aux sessions du concile. Dans la* XVII°, *tenue le lundi 15 juillet, il reçut les bé-*

do, qui pro tunc in presenti civitate existebat, videlicet tercentum floreni, valentes ducentos scutos; que summa pro sceleri expedicione mutuo
fuit habita et recepta a Jacobo Constagni, cive Viennensi, mediante obli-

*nédictions du président, Jean Allarmet de Brogny, cardinal de Viviers, pour
la prospérité de son voyage* (LABBE, Concilia, *t. XII, cc. 155-7, 1523-5;*
MARTENE, *op. cit., c. 1639-41). Il partit de Constance le 21 juillet, accompagné de seize prélats et de 4000 cavaliers* (STRUVE, Corp. histor. German.,
t. I, p. 693); après un court arrêt à Bâle (ibid.), *il atteignit le 27 Aarberg,
petite ville du canton de Berne, au-dessus de Neufchâtel* (ASCHBACH, *t. II, p.
269). A partir de là son biographe,* Eberhard WINDECK (Leben u. Zeit K.
Sigmunds, *ch. 64, dans* MENCKEN, Script. rer. German., *t. I, c. 1125, com-
muniqué par M. E. Mühlbacher, de Vienne), dresse ainsi la liste des localités
qu'il traversa successivement : Losana [Lausanne]* in Sophaye [*Savoie*], Ro-
mende, Nurve, Mersse [*Morges*], Rolle [*Rolle*], Imbes, Juffen [*Genève*], St-
Gillis [*St-Julien*], Salomone [*Salenove*], Remoli [*Rumilly*], Abex [*Aix-les-
Bains*], Camerach [*Chambéry*], Giszely, Armonick, Alarbe [*l'Albenc*], San
Mersolin [*Saint-Marcellin*], Aromantz [*Romans*], Palentz [*Valence*], Pirlette
[*Pierrelatte*], Punctu Sancti Spiritus [*Pont-Saint-Esprit*], Motraban [*Montdragon*], Orense [*Orange*], Castel Nova Papae [*Chateauneuf-Calcernier ou
du-Pape*], Nemys [*Nîmes*], Montpalier [*Montpellier*], Arbonia [*Narbonne*].
*Ces données sont loin de concorder avec les noms et les dates que nous allons
recueillir dans des documents irrécusables. Le 30 juillet, le monarque coucha
au château de Seyssel (Ain), où le comte de Savoie, Amédée VIII, était venu
le recevoir* (GUIGUE, Topogr. histor. du départ. de l'Ain, *1873, p. 381 b); ils
descendirent ensemble le Rhône jusqu'à Lyon : on constate sa présence dans
cette ville le lendemain 31* (P[ÉRICAUD], Notes et docum. pour l'hist. de Lyon
depuis 1350, *p. 37). Les consuls de Vienne lui firent don de 300 florins (200
écus d'or), le vendredi 2 août, qu'il était dans les murs de leur cité (texte ci-
dessus; cf.* CHORIER, Hist. de Dauph., *t. I, p. 408); le dimanche 4, à Valence,
il crée Jean de Poitiers, évêque et comte de Valence et Die, comte du sacré
palais de Latran et de l'impérial consistoire, avec tous droits et privilèges
dont les autres comtes jouissent, et avec pouvoir de créer des notaires,
tabellions et juges ordinaires, et de légitimer les bâtards et les rendre capables des successions, charges et dignités* (Bibl. nation., *ms. lat. 16289,
f 54). Le même jour, il vint dîner à Romans, où l'attendait depuis cinq ou six
jours l'archevêque de Tours, Jacques Gélu* (Archiv. commun. de Romans,
préf. de la taille de 1415; Archiv. départ. de la Drôme, *E. 3612) : pour le
passage de ses voitures* (charris) *on aménagea festinanter le pont sur l'Isère,
dont la première arche était en construction (reg. du compte, f° 42 v°); de là
il se rendit en pèlerinage à l'abbaye de Saint-Antoine (mêmes archiv.;* Aymar
FALCO, Antonian. hist. compend., *Lugd. 1534, f° lxxxix). Le lundi 5, il dîna
de nouveau à Romans et coucha à Valence (arch. cit.), où il séjourna encore
le 6 : il y fit expédier une confirmation des privilèges accordés par ses prédé-
cesseurs aux comtes de Valentinois et aux seigneurs de Saint-Vallier, et ré-
voqua la bulle de l'empereur Charles IV, son père, en faveur des Romanais* (C.-
U.-J. CHEVALIER, Ordonn. d. rois de France relat. au Dauph., *p. 7, n°s 50-
1;* CHORIER, *l. c.); les habitants de St-Antoine y obtinrent également la confirmation de leurs exemptions* (A. FALCO, *l. c.). Les contradictions que l'on constate entre cet itinéraire et celui d'*Eberh. WINDECK *pourraient s'expliquer
en attribuant ce dernier au voyage des ambassadeurs du concile à l'antipape :
on a vu que l'archevêque de Tours précéda Sigismond à Romans. Les prélats
arrivèrent avant lui, le 10 août, à Narbonne, où il ne parvint que le 15* (MAR-
TENE, *op. cit., c. 1642) 29; il y reçut, le jeudi 29, les ambassadeurs d'Antoine,
duc de Brabant* (E. de DYNTER, *op. cit., p. 287-9; = Publ. de l'inst. de Lu-
xemb., t. XXV, p. 205-6). L'empereur ne se rendit que le 18* (WINDECK, *ch.
37, et autres cités par* STRUVE, *p. 694, et* ASCHBACH, *p. 140) ou le 19 sept.*

gacione sibi facta de cadem per Glaudum Albi, civem Viennensem. ..., hoc
eciam mediante quod Gononus Escofferii, Ruguetus Payrolerii, Armandus
Feucherii et dictus Jacobus Constagni, cives Viennenses, quilibet pro rata

MARTENE, c. 1647) à Perpignan, où il trouva le roi d'Aragon, Ferdinand I*r,
dont la maladie avait retardé le voyage (ZURITA, Anales de Aragon, l. XII, c.
51 et 53). Les pourparlers avec Benoît XIII se prolongèrent sans résultat plusieurs semaines (MARTENE, c. 1648). Encore à Perpignan le 23 octobre (acte
en faveur de la Hanse teutonique), Sigismond, après y avoir refusé, le 30, les
dernières propositions de Benoît, formulées le 26 (HÉFÉLÉ, Hist. d. conciles,
t. X, p. 548), quitta cette ville au commencement de novembre (Theodor. de
NIEM, Vita Johannis XXIII, l. III, c. 10), le 5, d'après l'antipape lui-même
(réponse aux avances du roi Ferdinand faites le 3, dans RAYNALDUS, Annal.
eccles., a. 1415, n. 48). Il revint à Narbonne, où on ouvrit, le 20, des négo-
ciations qui aboutirent, le 13 décembre, au concordat (LABBE, Conc., t. XII,
c. 177-83) dont il donna avis au concile de Constance le lendemain 14 (MAR-
TENE, c. 1656) ; il y était encore le 15 (ASCHBACH, p. 469). L'empereur passa
les fêtes de Noël à Avignon (MARTENE, c. 1654-5), où sa présence est encore
constatée les 9 et 12 janvier 1416 par des actes relatifs à Mayence (ASCHBACH,
ib.). En remontant le Rhône, il vint de nouveau à Romans (compte cité, f° 43).
Au moment où il entrait à Vienne, le 19, hora quasi tertia noctis, on lui
remit une lettre du roi d'Aragon, qu'il transmit, le lendemain 22, de Lyon, au
duc de Bavière, Louis, son oncle (MARTENE, c. 1659-60 ; cf. E. WINDECK, c.
42). C'est là qu'il fit expédier les diplômes que villes et seigneurs avaient solli-
cités de sa royale munificence à son premier passage : le 26 et le 28 janv., en
faveur des habitants de Valence (Archiv. commun. de Valence, AA. 4, orig.;
Archiv. de la préfect. de l'Isère, B. 2984, f° 279, cop. ; — Jos. CHMEL, Regesta chronol.-diplom. Friderici III. Roman. imper., regis IV, Wien, 1840,
p. 160, n° 1596, confirm. du 27 janv. 1444); le 31, en faveur de ceux de Romans (Archiv. de la préfect. de la Drôme, E. 3589, orig.); le 2 février, il reçut les remontrances des gens du roi de France (P[ÉRICAUD], op. cit., p. 38);
le 4, concession de privilèges aux citoyens de Vienne (publ. p. DELORME dans
Rev. de Vienne, t. I, p. 139-44 ; COLLOMBET, Hist. de l'égl. de Vienne, t. II,
p. 433-8 ; cf. CHORIER, p. 409); le même jour, nomination de Pierre Colongier,
de Lyon, comme maître de la monnaie de Romans (CHEVALIER, Ordonn. cit.,
n° 52) ; le 5 (cf. Theod. de NIEM, Vita Joh. XXIII, l. III, c. 23), attribution
des droits souverains à Louis de Poitiers, comte de Valentinois (reg. du chât.
de Peyrins, n° 55). Passant par Montluel, Sigismond érigea à Chambéry, le
19 févr., le comté de Savoie en duché et en investit, le 20, Amédée VIII (GEOR-
GISCH, Regesta chronol.-diplom., t. II, c. 943, n°8 7-8); c'est aussi de cette
ville qu'il confirma tous les droits des églises et monastères de Vienne (CHORIER,
l. c.). On avait espéré son retour à Constance en septembre 1415 (MARTENE,
c. 1658); lui-même l'avait ensuite annoncé pour la Pentecôte 1416 (id., c.
1663). De Chambéry il prit par Moulins, Nevers et Melun (E. WINDECK, c.
71) la route de Paris, où il fit une entrée solennelle le 1er mars (Jean JUVÉNAL
des Ursins, Hist. de Charles VI, dans MICHAUD et POUJOULAT, t. II, p. 529').
De Saint-Denis, le 13 avril, il ordonna au prévôt général des monnaies d'assurer la jouissance de Pierre Colongier (CHEVALIER, Ordonn. cit., n° 53).
L'empereur passa ensuite en Angleterre, dont le roi, Henri V, devait l'attendre à Calais le 1er mai (MARTENE, c. 1662) : une étude sur les rapports entre
ces deux princes, par M. Max LENZ, a paru à Berlin en 1874. Sigismond revint par la Zélande, la Hollande, l'Allemagne et Cologne (Publ. de l'inst. de
Luxembourg, t. XXV, p. 212) à Constance, où il entra en splendide appa-
reil le mercredi 27 janvier 1417 (STRUVE, p. 695). Peu de jours après, le 8
février, il manda à l'archevêque de Vienne, Jean de Nant, d'ordonner aux
vassaux de l'Empire de venir lui rendre hommage à la Pentecôte (CHEVALIER,
Ordonn. cit., n° 54). Ces actes de suzeraineté, exercés par l'empereur dans

sua dicte summe erga dictum Glaudum se obligant . . . .
Hinc est quod, anno *predicto* et die xxj mensis augusti, viri providi Laurentius de Ecclesia, Petrus Garini, Bartholomeus Frogionis, Anthonius Sibelini et Gonetus Mistralis, consules et cindici dicte universitatis. . . ., volentes bonam fidem agnoscere supranominatis, precipiunt ac mandant Gauffredo de Maladeria, civi Viennensi, receptori deputato per eosdem cujusdam tallie nuper in dicta civitate fieri,perequari et levari ordinate usque ad summam mille quingentorum florenorum auri, quatenus tradat et assignet*dictis Gonono Escofferii, Rugueto Payrolerii, Jacobo Constagni et Armando Feucherii ex causis premissis, videlicet cuilibet ipsorum quinquaginta scutos auri. . . . . . . Actum Vienne. . . . .

E 1

Anno Domini M° IIIJ*c* XLVJ*to* (*1447*)et die lune xxiij januarii, hora quarta post meridiem ipsius dici, dominus dalphinus Viennensis 2 intravit infra civitatem Vienne, cum pulcra societate militum et scutifferorum, et burgenses et cives dicte civitatis Vienne iverunt sibi ad oviam eques usque ad motam de Mirflaut, que est ultra montem Roserium; et ibidem nobilis Oysias Janini, correarius dicte civitatis pro dno Ludovico de Pictavia, electo archiepiscopo Vienne, dictos burg(ens)es et cives prefato dno dalphino presentavit,et reverenciam eidem fecerunt. Post modum,ipso dno dalphino Viennensi existente et eodem logiato in domo archiepicopali Vienne, anno et die predictis, post Ave Marias 3, dictus correarius presentavit consul-

---

nos contrées, ne purent que déplaire au souverain réel. De La Haye, le dauphin Charles (Vil), qui venait de succéder à son frère Jean, s'en plaignit, le 12 avril (1417), aux gens de son conseil à Grenoble (Bibl. de Grenoble, *mss:* de Guy Allard, t. XII, f* 52, orig.; cf. f* 65 et t. VI, f* 396 et 416; H. Morins[-Pons], Numism. féod. du Dauph., p. 225-6). *Sigismond confirmera encore à Constance, le 9 janv. 1419, à l'archevêque de Vienne les droits régaliens et l'archichancellerie des royaumes de Bourgogne et d'Arles* (Archiv. de l'évêché de Grenoble, *orig.*).

1. Hec est papirus negociorum comunitatis civitatis Vienne, incohacta die vicesima prima mensis decembris, anno Domini mill'io quatercen*m* tricesimo septimo, per me Jacobum Combeti, notarium Viennensem, secretarium dicte civitatis. . . . . (*BB*. 5), f* IX*xx*.

2. *Né en 1423, Louis (XI), fils de Charles VII, fut mis en possession du Dauphiné le 28 juil. 1440* (Archiv. de la préfect. de l'Isère, *B. 3180*), *avec plusieurs alternatives de révocation et de confirmation de la part de son père* (*ibid., B. 3179 et 3181*).

3. *La coutume de réciter trois fois l'Ave Maria à l'heure du couvre-feu remonte au pape Jean XXII* (Ducange, Glossar. med. et inf. latin., *éd. Henschel, t. I, p. 255c). Des textes antérieurs à celui-ci et au docum. F se trouvent dans les* Archiv. commun. de Romans : — (*Comptes de 1392-7, f* IX*xx* *xvij v°, 10 janv. 1393*) Solvat Jacobo Bruni, consandico... : item solvit Guillelmeto,maniglerii Sancti Bernardi, die Natalis Domini proxime preterita, pro vino eidem dare promisso causa sonandi perpetuo in aurora in clocherio Sancti Bernardi Ave Maria, sonandi noviter ordinata. *En marge :* Tran-

les dicte civitatis predicto dno dalphino : qui consulles erant associati certis burgensibus. Et in dicta domo archiepiscopali Vienne, in camera bassa que est supra auditorium curie officialis Vienne, ipsi obtulerunt et presentaverunt dicto domino nostro dalphino et eidem dederunt nomine dicte civitatis, videl. quatuor duodenas facium seu torchiarum ad bacullos, tres duodenas olobostium conficture et duas caudas vini, quarum una erat vini albi, alia clareti, quia ita fuit deliberatum per dictos consules, de consilio sanioris partis dicte civitatis.

F [1]

Anno Domini M° IIIJ° LXXXIIJ et de mense augusti [2], obiit dominus noster rex, dalphinus Viennensis, comes Valentinensis, dominus Ludovicus, Dei gratia Francorum rex, et successit eidem dominus Karolus, rex modernus, quem Deus omnipotens longeve et feliciter regnare dignetur.

Anno Domini M° IIIJ° LXXXX et die mercuri prima mensis decembris, intravit idem dominus noster rex dalphinus civitatem Vienne [3], pro tenendo Tres Status ibidem mandatos, de nocte circa horam Ave Maria [4].

Jovis secunda dicti mensis, de mane, in prioratu Sancti Petri, ubi tenebantur Status, presidente domino Sancti Anthonii [5], in logia domini Sancti Vallerii, magni senescallis Provincie [6], convocatis gentibus Statuum, fuit oppinatum de dono fiendo eidem domino nostro regi dalphino et de responsione fienda in promptu eidem domino nostro regi dalphino.

---

seat..., tamen decetero nichil solvatur maniglerio. (*F. XIIxx 14 r°*) Solvit... Guillermeto, manglerii S' Bernardi, pro pulsendo campanam in clocherio et eciam Ave Maria noviter ordinata. (*F° 303*) Comissarii steterunt in predicta domo (comuni universitatis ville Romanis) usque ad sonum campane seralis, alias *lo seyn*. — *(Délibérations de 1443-9, f° 10, 19 sept. 1434* [1443?]) Pro custodia ville.... statuitur quod..., qui erit in custodia porte, interesse teneatur in Ave Maria et stare usque ad Ave Maria nocturna... Pariter de custodibus noctis, interesse debeant hora Ave Maria et non recedere donec Ave Maria.... Item et *lo rechargat* ad idem intersit personaliter dicta hora et non recedere donec Ave Maria matutina. (*F° 11, 1er octob. 1434* [1443?]) Pro tuhicione dicte ville... Quarum portarum appercio ordinatur fieri tantum hora Ave Maria et clausura nocturna hora Ave Maria, et ab hora Ave Maria usque ad aliam non apperiantur sub formidabili pena.

1. Archives commun. de Die, *BB.* 1, *f°* 25.
2. *D'abord :* et die (xxx) mensis a-i.
3. *D'abord :* Dye.
4. *Nous avons publié le récit de cette entrée et la description des fêtes qui suivirent dans la* Revue du Dauphiné *(1881, t. V, p. 25-36; tir. à part, p. 5-17), d'après le ms. B. 2966 (f° IIIJ° xlvj des Archives de la préfect. de l'Isère, collationné sur l'édition donnée par M. P.* ALLUT *(Lyon, 1850) d'après le ms.* 24 *(n° 77) de la Biblioth. de la fac. de médec. de Montpellier.*
5. *Antoine de Roquemaure, créé cette année même abbé de Saint-Antoine, mourut à Tours le 20 octobre* 1493.
6. *Aymar de Poitiers (voir plus haut,* Grenoble, docum. A*).*

Eadem die, hora vesperorum, in domo domini archiepiscopi 1, ipso domino nostro rege dalphino presente, cum assistentia domini Breyssie,gu-
bernatoris 2, et maxime nobilitatis comitive dicti domini nostri.regis dalphini, fuit facta arenga per dominum chancellarium 3 et presentaciò doni
graciosi, et dati ibidem eidem domino nostro regi dalphino, more solito,
XXti mille franchi.

Veneris tercia dicti mensis, tota die fuit oppinatum per gentes Statuum
de dono fiendo eidem domino nostro regi dalphino, pro suo jocundo adventu, et finaliter conclusum quod darentur eidem XXti mille floreni 4 monete currentis.

Sabbati quarta decembris, fuerunt presentati dicti XXti mille floreni,dati
pro jocundo adventu eidem domino nostro regi dalphino per gentes Statuum, et tradita gravamina patrie domº chancellario.

Eadem die, de nocte, fuerunt commissi pro claudendo Status certi nobiles et consules civitatum et villarum Dalphinatus, et ego fui unus ex
commissis, et eciam pro taxando vaccaciones factas pro presenti patria
Dalphinatus anni presentis.

Die dominica quinta decembris, tota die in camera ubi erat dominus de
Valleserris, vaccaverunt omnes commissi ad concludendum Status et taxandum vaccationes, et ego cum eis.

Et fuit calculatum quod, tam donum factum eidem domino nostro regi
dalphino de xxti mille franchis quam xxti mille florenis pro jocundo adventu, quam omnes vaccationes et alia tangencia negocia patrie ascende-
bant ad summam in universo XXXIIJm lib.VJº Lxxviij franch.xv s.iiij d. T·

Et sic computatis IIIJm Vc Lxxxxix focis et ascendit tailhium pro quolibet
foco ad vij lib. vj s. iiij d. pict., in moneta currente ad xii flor. ij g. iiij d.

Lune sexta decembris,fuimus omnes commissi coram domº chancellario,
pro reparaciore gravaminum patrie et h(ab)ui(m)us bonam responsionem·
Et fuit conclusum quod remaneret dominus Montis Eynardi 5 pro provisione habenda super ipsis gravaminibus, et inde quilibet recessit et fuit
finis ipsorum Statuum, me Barrachino Reymundi, notario auctoritate
dalphinali constituto curiarum Dyensium jurato, secretario predictarum
curiarum Dyensium subsignato, in premissis assistente.

Ita est : B. REYMUNDI.

G

DELIBERACIO FACTA PRO JOCUNDO ADVENTU DOMINE NOSTRE REGINE 6.
Hodie decima octava februarii millesimo quatercentesimo nonagesimo

1. *Alors Ange Cato de Supino, qui accompagna Charles VIII en Italie.*
2. *Philippe de Savoie (voir plus haut,* Grenoble, docum. A).
3. *Guillaume de Rochefort, nommé chancelier de France par Louis XI
le 21 mai 1483, confirmé par Charles VIII le 22 sept. suiv., mort le 12 août
1492* (ANSELME, *op. cit., t.* VI, *p.* 412-3). — 4. *D'abord :* franchi.
5. *Hector de Monteynard, dont le père avait fait son testament le 24 févr.
1490 et qui mourut assassiné à Milan au mois d'août 1500* (Cartul. monast.
de Domina, *Lugd.* 1859, *p. xliij).
6. Hic seriatim describitur sequencia actorum et negociorum hujus

tercio (*1494*), honorabilibus viris Johanne de Sancto Eugendo, Andrea de
Nyvro, Petro Oliverii, Johanne Bergonionis, Petro d'Anton, Johanne
Dandorerii, Sancti Severii Vienne, consulibus presentis civitatis, simul
in domo ville congregatis et coadunatis ad fines provisionem, statum et
conductum honorabiles dandi et statuendi de ex super adventu domin.
nostri Caroli, Franchorum regis, dalphini Viennensis, comitisque Valentinensis et Dyensis, ac magniffice domine nostre regine, ejus consortis 1,
de proximo fiendo ; ipsi enim consules mandaverunt congregari nobiles
et alios honorabiles cives et habitatores dicte civitatis, saltem majorem
partem, per Guillierminum Noe, servientem et preconem publicum dicte
civitatis, eorum mandatorem...... Et inde comparuerunt......, qui
omnes .. opinati sunt quod fiat preparacio neccessaria tam pro pecuniis
mutuo recipiendis pro ipso jocundo adventu et dono eidem domine nostre
regine fiendo, quam aliis personagiis et ystoriis et aliis circa hec neces
sariis fiendis, prout possibilitas civitatis suadebit.

ALIA DELIBERACIO PRO JOCUNDO ADVENTU DOMINE NOSTRE REGINE 2.

Anno Domini millesimo quatercentesimo nonagesimo tercio ab Incarnatione sumpto (*1494*) et die septima marcii, congregatis in aula domus
civitatis Vienne honorabilibus viris Johanne de Sancto Eugendo, Andrea
de Nyvro, Johanne Ogerii, Petro Oliverii, Catherino de Maladeria, Johanne Guillieti et Petro d'Anton, consulibus, pro conferendo cum pennoneriis;
banneretis et aliis civibus dicte civitatis, de modo habendi pecunias pro
jocundo adventu xpistianissime regine Franchorum, fiendo infra paucos
dies in presenti civitate Vienne, prout publice fertur. Et ad mandatum
ipsorum consulum ibidem venerunt....; fuerunt oppinionis quod dicti
consules mutuo accipiant ab aliquo cive hujuscivitatis ducentum scuta....

Nota o(b)ligacionis ducentum scutorum auri (novorum regiorum) pro
nobili Jacobo Costagni, mutuo traditorum consulibus Vienne pro jocundo
adventu domine nostre regine (*18 mars 1493/4, avec quittance du 16 mars
1497*).

H

DE ADVENTU DOMINI COMITIS DE FOYS, GUBERNATORIS DALPHINATUS 3.

Die undecima mensis februarii (*1497/8*), in aula domus civitatis Vienne

civitatis Vienne, per me Anthonium Bernete, notarium publicum et dicte
civitatis secretarium, receptorum (*BB.* 11), *f° xxiij r°*.
　1. *Nous avons également publié la joyeuse entrée de Charles VIII et d'Anne
de Bretagne à Vienne, le 29 juillet* 1494, *dans la* Rev. du Dauph. (*t. V, p.
37-9 ; tir. à part, p.* 18-20), *d'après une copie du texte inséré dans ce reg.*
BB. 11, *f° xxx.*
　2. *F° xxiiij r° et v°.*
　3. *Ibid., f° 75 v°.*

ubi fuerunt congregati egregius et honorabiles viri dom* Nycolaus Renaudi, Hugo Mutini, Glaudius de Martello, Johannes Passardi, Andreas
Beccati et Johannes Nugo, consules dicte civitatis, secum assistentibus
convocatis quamplurimis nobilibus, civibus, banneretis quam pennoneriis
dicte civitatis ; qui, inquam, dni consules voce prefati dni Renaudi retulerunt prefatum dominum comitem gubernatorem Dalphinatus 1 de proximo venturum, unde est per multum expediens eum recipere tam honoriffice quod fieri poterit, juxta morem fieri in talibus solitum. Super quibus
dicti dni consules pecierunt haberi relacionem a prefatis astantibus : qui
retulerunt unus post alium. Quibus relacionibus factis, prefati dni c n-
sules concluserunt, videlicet quod fiat congregacio in bono numero de
personis plus apparentibus, que sint in bono statu parate, pro eundo ad
adventum prefati domini gubernatoris die qua voluerit intrare civitatem ;
et inde, ipso applicato, fiat sibi donum de sex vasis vini, cujuslibet tenoris
trium somatarum, de duodecim boytis dragee et duodecim facibus cere.

I

ELECTIO PRO CONSISTENDO IN TRIBUS STATIBUS DE PROXIMO
VIENNE TENENDIS 2.

Die decima quinta mensis maii (*1500*), in aula domus civitatis Vienne,
ubi erant congregati egregius et honorabiles viri dom. Johannes Gautere-
ti, nobilis Vitalis de Ecclesia, Stephanus Vialis, Joffredus de Monlis, Vin-
centius de Ecclesia, Guillelmus Collas, consules dicte civitatis ; ipsi, inquam, dni consules inter se elegerunt prefatum nobilem Vitalem de Ecclesia, consulem, pro assistendo in Tribus Statibus de proximo Vienne tenendis, juxta formam licterarum dominorum de parlamento transmissa-
rum. . . . . . .

Qui Tres Status ibidem Vienne fuerunt tenti, videlicet in reffetorio monasterii Sancti Petri foris portam Vienne, incepti die sabbati xvj maii,
ubi fuerunt presentes domini gubernator Dalphinatus , ejus locumtenens 3, cum quamplurimis nobilibus hujus patrie Dalphinatus.

Presidens Trium Statuum fuit dominus abbas Sancti Anthonii 4 et du-
raverunt usque in diem lune sequentem inclusive.

Et fuit facta altercacio super eo quod dni consules Vienne habent pri-

---

1. *Jean, comte de Foix (voir plus haut*, Grenoble, *docum.* A).
2. *Ibid.,* f* 100 v°.
3. *Antoine de Grolée-Mévouillon, lieutenant de Jacques de Miolans le* 19
oct. 1491, *fut chargé de l'intérim du gouvernement du Dauphiné le* 10 *janv.*
1501 *et mourut en* 1505.
4. *Théodore Mitte de St-Chamond (voir plus haut,* Grenoble, *docum.* A).

mam vocem omnium aliorum consulum, cui se opposuerunt consules Gra-
tionopolis, dicendo quod postquam sunt ibi Vienne debent habere primam
vocem, sicut et dni consules Vienne habent Grationopoli : tamen fuit conclusum et ordinatum per dnum gubernatorem quod, postquam ipsi dni
consules Vienne sunt in possessione habendi primam vocem in quocum-
que loco sive in Dalphinatu sive in regno Francie, quod in eorum possessione remaneant et remanere debeant, prout et fecerunt.

J

Extrait du

Voyage de l'archiduc d'Autriche, Philippe le Beau, en Espagne, en 1501-3, par Antoine de Lalaing, seigneur de Montigny [1].

Ce chapitre onziesme par le Dupont de Sorghe, et coment on le (Monsigneur) rechupt a Orenge, et a Montelimaire et a Tournon ; du lieu
ou Pilate nascy, et comment on le rechupt a Vienne; de la cité de
Vyenne ; de la thour de Pilate, et de la thour portée en une nuyt
xiij. lieues par art diabolicque, etc.

Le mardi, xiiii° de mars (*1503*), Monsigneur partist d'Avignon et alla
disner à deux lieues de là, à la ville nommée le Pont de Sorghes . . . .
Après disné alla Monsigneur à giste à Orenge, deux lieues dudict Pont. . . .
Le merquedi (*15 mars*) passa Monsigneur le pont sur la rivière de
Egge [2], à demie lieue d'Orenge, et disna, trois lieues de là, à ung petit
vilage anobli d'ung très beau pèlerinage et de la chapelle nommée
Nostre-Dame de la Plancque [3], où Dieu, pour sa glorieuse mère, faict

---

1. *Publié par M.* Gachard, *principalement d'après le ms. 7382 de la
biblioth. roy. de Bruxelles, dans le t. I de sa* Collection des voyages des
souverains des Pays-Bas *(Brux. 1876, in-4°), où les curieux passages qui
concernent nos contrées occupent les pp. 278-81 (le ms. original a été collationné par le P. Ch. De Smedt, bollandiste). Sur l'auteur de cette relation,
outre ce qu'en dit l'éditeur (p. v-xxiv), voir le récent article de M. C. R. v.*
Höfler, Antoine de Lalaing, seigneur de Montigny, Vincenzo Quirino
und Don Diego de Guevara als Berichterstatter über König Philipp I,
dans les Sitzungsber. d. k. Akad. d. Wissensch. in Wien, *phil.-hist.
Classe (1883), t. CIV, p. 433-510 (cf. Görres Gesellsch., V, 483-4).*
2. *Aigue, Aygues ou Eygues, rivière qui prend sa source dans la commune de Laux-Montaut (Drôme) et se jette dans le Rhône à 7 kilom. d'Orange.*
3. *Notre-Dame des Plans (de Planis) sur la paroisse de Montdragon. Ce
pèlerinage, jadis très-fréquenté, était à l'origine un monastère fondé par un
évêque de St-Paul-Trois-Châteaux. Il fut uni, vers 1455, à celui de St-Pierre-
du-Puy (faubourg d'Orange). L'abbesse, Cécile de Borne, en fit reconstruire
l'église, qui fut terminée en 1474. Réfugié au Pont-St-Esprit, en 1536, le
parlement d'Aix y tint plusieurs audiences. Détruit par les protestants en*

maints beauls miracles. Et est ce lieu à une lieuette d'une ville de Languedocq appellée le Pont-Sainct-Esprit, laquèle est fort bone, du grandeur de Cambray, assise sur le Rosne. Et après disner chemina deux lieues et logea à Pierrelate, meschante villette, séante au Daulphiné. La ville et le chasteau sont au duc Valentinois, et y a meschant logis ; et fu Monseur logié aux faulbourgs, à l'Escu de France. Et notés que d'Orenge à Perrelate, de lieue en lieue, troeuve-on quatre villettes fremées de la comté de Venice apertenantes au pape 1.

Le joedi, xvi*, print logis à Montelimaire, trois lieues de Pierrelatte assés bone villette, du grandeur d'Ath en Haynault, édifijé en très bon et fertile pays. Les rues où Monsigneur passa estoient toutes tendues de tapisseries et de draps. Ceuls de l'Eglise à la porte le rechuprent à croix et à confanons, et estoient en la rue deux eschaffauls : chescun contenoit deux sébilles 2, et chescune tenoit ung escripteau en latin bienveignant Monsigneur. Là eult Monsigneur nouvelles que madame sa compaigne estoit acouchié d'ung beau filz en la ville de Alcala en Castille 3.

Le venredi, xvii* de mars, disna Monsigneur à Louriou 4, trois lieues de là, et prist giste à l'Estoile 5, ville du grandeur de Brayne, deux lieues de Louriou, où le signeur de Sainct-Valier 6 le rechupt très amiablement, et le logea et festoya en son chasteau, furny de bones tapisseries, et fist à Monsigneur et aux siens très bone chière. Et à ung ject d'alballestre de la ville, en bas, y a une belle maison de plaisance, assise sur la rivière, et ung parcq plain de dains, de cherfs et d'aultres bestes ; et y avoit des ostrices 7 et ung cherf blancq.

Le samedi (18 mars) disna Monsigneur à Granges 8, à ung ject d'arcq d'arbalestre de Valence en Daulphiné, ville du grandeur de Courtray, assés bone, située en bon pays sur le Rosne ; et passa par dehors, pour ce que la peste y estoit. Auprès passa le Rosne à bacq 9, et le plus de son train print le droict chemin, et passèrent ceuls à bacq la rivière de l'Issières10, moult grosse, et vient du Daulphiné et de Grenoble chéoir dedens

1562 et années suiv., il fut supprimé et ses biens réunis à l'abbaye de Ste-Croix d'Apt (Gallia Christ. nova, t. I, c. 789-92 ; Rose, Notice histor. sur . . . Lapalud, 1854, p. 46-52 ; [J. Chevalier], Manifest. relig. à Montélimar, 1872, p. 7).

1. Ces quatre villettes sont sans doute Piolenc, Mornas, Montdragon et Lapalud. — 2. Sibylles.
3. Ferdinand, né en effet à Alcala de Henares le 10 mars 1503, succéda comme empereur à son frère Charles-Quint en 1556 et mourut en 1564.
4. Loriol.
5. Etoile : une description aussi avantageuse de cette résidence des seigneurs de St-Vallier, rédigée vers 1442, se trouve dans notre Choix de docum. histor. inéd. sur le Dauphiné (1874, p. 274-5).
6. Aymar de Poitiers (voir plus haut, Grenoble, docum. A).
7. Autruches.
8. Granges-lès-Valence, commune de St-Péray (Ardèche).
9. La trace de ce bac se trouve encore à 25 m. en amont du pont du Rhône à Valence.
10. L'Isère.

le Rosne. Et ceuls logèrent à l'Esteyen 1, petitte ville à l'opposite de Tournon ; et est assés bone villette passagière, du grandeur de Songnies en Haynault. Et Monsigneur fu, à Tournon, quatre lieues de l'Estoile, rechupt de ceuls de l'Eglise, tous revestus, à croix et à confanons ; et fu Monsigneur très-bien rechupt au chasteau du signeur du lieu, qui estoit bien orné de tapisscries et de bone vasselle ; et siet au bas d'une montaigne haulte et roide. Ceste villette est du grandeur de Haulx, bonne et marchande, et contient très-belles maisons, et la rivière du Rosne passe battant as murailles. Tournon et l'Esteyr. sont au signeur de Tournon 2. Et passe-on, oultre les deux villes, ung bacq maulvais à passer, car la rivière est rade et dangereuse, et ledit passage (qui moult vault) est audit signeur, qui lors estoit frère du grandt commandeur de Sainct-Anthoine 3.

Le dimence, xix⁰ de mars, repassa Monseur audit bacq le Rosne et alla disner à Sainct-Valier, deux lieues de Tournon; et à une lieuette dudict Tournon siet une villette nommée Servere, emprès laquèle est encoire la maison de Pilate et le moulin, lieu de son engenrement 4.

Après disné alla Monsigneur prendre giste à ung meschant village appellé Jarsius 5, trois lieues de Sainct-Valier; et est à monsigneur de Miolent, où la dame du lieu, très-belle femme, soer de monseur de la Palice, le rechupt très-honorablement 6. Auquel village il séjourna le lundi (20 mars).

---

1. *Tain.*

2. *Just Ier, fils de Jacques, baron de Tournon, qui testa en 1501, et de Jeanne de Polignac ; il avait épousé, le 30 août 1497, Jeanne de Vissac d'Arlenc ; conseiller et chambellan de François Ier, il fut tué, le 24 févr. 1525, à la bataille de Pavie* (DE COURCELLES, Hist. généal. et hérald. des pairs de France).

3. *François de Tournon, fils des mêmes, né en 1489, entra à douze ans dans l'ordre de Saint-Antoine; nommé à la commanderie de Feurs, il y reçut François Ier. Il était en 1503 grand commandeur de l'ordre, mais ne devint titulaire de l'abbaye que longtemps après, en 1544, étant cardinal et chargé de bénéfices.*

4. *Les anciennes cartes indiquent la* maison de Pilate, *non loin de Ponsas, à 2 kilom. environ au N. de Serves.* SPON, *dans ses* Recherches curieuses d'antiquités *(Lyon, 1683), pense qu'on a confondu Ponce* Pilate *avec Humbert* Pilat, *secrétaire du dauphin Humbert II, et il désigne (p. 168), entre-autres monuments où la tradition a propagé cette erreur, une maison de campagne près de Saint-Vallier,* la maison de Pilate : *ce serait, de l'avis* M. A. de GALLIER, *à qui nous devons cette note et la suivante, le château actuel de St-Vallier, près duquel on découvrit, il y a quelques années, une mosaïque romaine. Le* Diction. géograph. *de* JOANNE *mentionne, à l'art.* Ponsas, *un château dans lequel aurait été renfermé* Ponce Pilate *et ajoute que, réparé a diverses reprises, il n'a presque rien conservé des constructions primitives.*

5. *Et non Jarsins (?), comme porte l'édition de M.* GACHARD.

6. *Jarcieu, canton de Beaurepaire, est à 20 kilom. en droite ligne de St-Vallier; on y voit encore les ruines d'un ancien château. Jacques de Miolans, seigneur d'Anjou en Viennois, fut à deux reprises gouverneur du Dauphiné et mourut en 1496 au château de Jarcieu près d'Anjou* (Statist. génér. de l'Isère, *t. III. p.*

Et le mardi *(21 mars)* alla disner, à deux lieues de là, à ung village, et chemina aultres deux lieues jusques à Vyenne, où il print giste. Les gens d'Eglise et bourgoisie le rechurent très-révérentement. Les rues estoient tendues de draps et de tapisseries jusques à son hostel derière l'église, Sainct-Meurice. Celle anchijenne ville excéda jadis Gand en grandeur, come on juge par une arche lors estante au milieu de la ville et présentement est à deux jects d'arbalestre loing d'icelle dedens les vignobles : maintenant est du grandeur de Douay. Dessus le Ronne, courante parmy la ville, sont situés deux ponts de pierres, à l'ung desquelz, au plus bas, au costé vers la ville, est la place où Pilate, tenant prison, fu absorbé de la rivière, le corpz duquel toutefois fu depuis transporté ens montaignes, à chincq lieues de Vienne, où la place est très déserte et périlleuse. On voidt une thour en Vienne auprès du chasteau en hault, laquèle comme on dit, estoit édifijé à xiiii lieues de Vyenne, et habitoit au piedt d'icelle une femme povre et indigente. Le signeur de la thour, pour mocquier et irriter, jectoit et faisoit jetter de sa thour sur elle et sur sa maison toute l'ordure et les superfluités de sa cuisine. En ce tampz son filz, qui avoit longtampz estudijet ens ars nygromanticques, vint veoir sa mère, laquèle luy dist l'injure que on luy faisoit journèlement. Cil, pour vindication, constraindi le dyable par ses conjurations tèlement qu'il luy fist porter la thour en une nuict toute entière xiiii lieues loing, et le assist où elle est aujourd'huy. Ceuls de la thour, quandt ils ouvrirent les huys et frenestres, furent bien esbahis se trouvant en Vyenne.

En celle ville siet une église très-belle, dont la nef n'est encoire parfaicte, vaulsée[1] ne couverte, où le corpz de sainct Meurice, martir, duc de la saincte légion de Thèbes en Egipte, repose.

Le merquedi, xxii* de marche, partist Monsigneur de Vyenne et disna à Sainct-Simphonijen [2], deux lieues et demie de là, et puis chevaulcha autres deux lieues et demie et fist son entrée à Lyons environ trois heures après le disner, très-bien acompaignié de pluseurs nobles de ses pays et de France, come du comte de Ligny, de monsigneur de Ravestain, du gouverneur de Limosin, du signeur de Boneval, du signeur de Montagu et aultres, la pluspart desquels ne l'avoient alongié [3] depuis qu'il partist d'Espaigne. . . . .

582¹. *On voit par l'érection de la terre d'Anjou en comté, en 1620, qu'elle comprenait entre autres localités Bougé et Chambalud* (CHAZOT DE NANTIGNY, *Tablettes histor. et général., t. IV, p. 302, et t. V, p. 308*) : *or Jarcieu est tout près de Bougé-Chambalud, qui récemment encore était son bureau de poste. D'après le P.* ANSELME (Mais. de France, *t. VII, p. 131*), *le frère cadet du maréchal Jacques de Chabannes, seigneur de la Palice, Jean de Chabannes,* fut apparemment père de Françoise de Chabannes, mariée 1° à Louis de Miolans, maréchal de Savoye, 2° le 8 juillet 1516 à Jean de Poitiers, seigneur de S. Vallier.

1. *Voûtée.*
2. *StSymphorien d'Ozon, à 13 kilom. de Vienne.*
3. *Quitté.*

K

De adventu dni comitis de Foys, gubernatoris Dalphinatus 1.

Die dominico septima mensis jullii, anno predicto quingentesimo quarto, in aula domus consulatus predicte civitatis Vienne, ubi fuerunt congregati egregius dom. Guillelmus Castelli, Lancelloctus Girardeti, Bartholomeus Hueti, Humbertus de Burgo, Josserandus Grassi, Claudius Archimbaudi, Anthonius Rodi et Amedeus Trezenaus, consules dicte civitatis Vienne, secum assistentibus nobilis Franciscus Costagni, magnus banneretus, Johannes Sevoz, procurator, Stephanus Vialis, Ferreolus Brionis, Stepha nus Tarditi, Petrus Pelerii, Hugo Mutini, Stephanus Diacre, Johannes de Sancto Heugendo, Humbertus Maritani, Petrus Fabri, Nycodus Morelli, Ludovicus Perreti et pluribus aliis, tam pennoneriis banneretis quam pennoneriis hujusce civitatis, inibi ex mandato prefatorum dom. consulum voce precona et cum tube inibi congregatorum et convocatorum. Et qui, imquam, dni consules voce prefati dni Guillelmi Castelli retulerunt per binas licteras missivas per prefatum dom. comitem de Foix, gubernatorem Dalphinalem 2, dicte civitati transmissas seipsum velle in hac civitate Vienne venire et introitum suum jocundum facere, et hoc in brevi. Ob quod est per multum expediens eum recipere tam honoriffice quod fieri poterit, juxta morem in talibus fieri solitum : super quibus prefati dni consules pecierunt relationem haberi a prefatis astantibus. Qui unanimi consensu refferendo concluserunt, videlicet quod fiat congregatio in bono numero de personis eminentibus et apparentibus, pro eundo obviam ipsi dno gubernatori, ruteque et carrerie tendantur tapisseriis et aliis rebus honestis et honorifficis, per loca ubi transire debet in hac civitate usque ad ejus hospicium, die qua voluerit intrare civitatem ; et inde, ipso'applicato, fiat sibi donum de sex vasis vini optimi, quatuor duodenis facium cere, de sexdecim boytis dragee et confiturarum de tribus libris cum dymidia pro qualibet ponderante. Subinde, die crastina lune octava mensis predicti jullii, de mane hora septima idem dns gubernator intravit Viennam, insciis predictis dnis consulibus et antequam fuerit processum ad predictam preparationem, ex quo fuerunt predicti dni consules et cives valde turbati. Tamen de sero ipsi dni consules, secum asistentes quamplurimi ex dictis civfbus et apparentibus, adiverunt domum abbacialem Sancti Petri foris portam Vienne, ubi hospitatus erat idem dns gubernator, et eidem reverenciam fecerunt unanimiter et voce prefati dni Guilliermi Castelli presentaverunt predictas quatuor duodenas facium cere et sexdecim boytas confiture honoriffice adhornatas, quarum xij erant replete dragiis multis modis, relique due racemis de Damas et ultime due de racemis vocatis de Corinthes, quas recipere recusavit, qua ratione ignoratur et ignoro.

G. Vialis.

1. BB. 11, f° 137.
2. Gaston, comte de Foix, d'Etampes et de Beaufort, vicomte de Narbonne, succéda à son père Jean (voir docum. H) comme gouverneur du Dauphiné, après un intérim rempli par Antoine de Grolée-Mévouillon (docum. I), le 5 janv. 1504, il devint duc de Nemours en 1507 et fut tué à la bataille de Ravenne le 11 avril 1512 (Anselme, Mais. de France, t. III, p. 377-8).

www.ingramcontent.com/pod-product-compliance
Lightning Source LLC
Chambersburg PA
CBHW060848250626
47162CB00005B/2188